Ângela, por quê?
Eu não posso existir sem você

Inspirado em uma história real

Ana S. Souza Silva

Dados Internacionais de Catalogação na Publicação (CIP)
(Câmara Brasileira do Livro, SP, Brasil)

Silva, Ana Sophia de Souza
   Ângela, por quê? eu não posso existir sem você /
Ana Sophia de Souza Silva. -- 1. ed. -- Niterói, RJ :
Ed. da Autora, 2024.

   ISBN 978-65-01-07073-5

   1. Ficção brasileira I. Título.

24-222435   CDD-B869.3

Índices para catálogo sistemático:

1. Ficção : Literatura brasileira   B869.3

Aline Graziele Benitez - Bibliotecária - CRB-1/3129

Sinopse

"Ângela, por quê? Eu não posso existir sem você" narra a intensa e comovente jornada de uma jovem que, desde a infância, carrega o desejo de transcender os limites de um ambiente rural marcado por trabalho árduo, tradições incontestáveis e silêncios carregados de dor. Nascida em uma família cuja existência é tecida pelos sacrifícios e pelo amor de Dom Lauriano e de Dona Eunice, Ângela sente, desde os seus primeiros anos, que algo mais espera por ela além das terras batidas e da rotina imutável.

Enquanto seus pais mantêm viva a chama dos valores e das memórias, a menina cresce entre as devoções e revoluções silenciosas, assim como dos ensinamentos transmitidos de geração em geração. Porém, o anseio por liberdade brota com força em seu íntimo. Em momentos de solitude, entre as margens de um riacho ou no aconchego de um caderno repleto de pensamentos secretos, ela delimita seu projeto de emancipação: partir para um mundo onde possa ser dona de si mesma, mesmo ciente dos desafios que a cidade e seus desafios lhes reservam.

Em meio a encontros fugazes na feirinha próxima, e ao planejamento meticuloso do seu "Projeto de Adeus", Ângela se vê à beira de uma decisão irreversível quando a tensão familiar atinge seu ápice. Durante uma reunião em que sentimentos reprimidos emergem em forma de desabafo e ataques, ali ela declara que não consegue mais suportar o fardo de um passado que a impede de amar plenamente e de viver sua própria verdade. O livro desliza entre a ternura e a dor, entre a tradição e a vontade de romper com tudo, convidando o leitor a refletir sobre a luta por identidade e liberdade, e sobre o preço que se paga para se recomeçar e construir sua própria identidade.

Sumário

Capítulo I – Entre a Terra e os Sonhos

I.1 As Raízes e o Sonho

No crepúsculo alaranjado de um dia sem pressa, quando o firmamento se mesclava aos matizes que o sol deixava no horizonte do interior, Ângela encontrava na simplicidade do campo o retrato de uma vida já vivida e de uma existência que pulsava em cada grão de terra batida. Ela sempre fora uma presença marcante entre brisas e estradas de terra – uma jovem que pulsava com a convicção de que os sonhos não eram miragens distantes, mas sementes que, devidamente cultivadas, poderiam florescer mesmo nos solos mais rústicos.

Desde os seus primeiros anos, Ângela jamais se deixou iludir por contos grandiosos de mudança imediata ou de expedições heroicas rumo à metrópole. Diferente dos que almejam voos escandalosamente altos, ela sempre preferiu manter os pés firmemente cravados no chão, mesmo que a mente se banhasse em visões de um futuro em que o simples "viver" se tornasse arte. Em seu íntimo, não havia espaço para utopias vãs ou devaneios fantasiosos; o que pulsava era a certeza de seus objetivos – um desejo pragmático e discreto de se formar em Direito para, então, trilhar o seu próprio caminho na advocacia, defendendo aqueles que, assim como sua família, haviam sido ofuscados pelas agruras de um sistema implacável e desigual.

Ao observar o campo que a abrigara por tantos anos, ela murmurava para si mesma: > "Não anseio por voar como os pássaros, mas sim por caminhar com passos seguros. A terra me ensinou que o que é verdadeiro cresce devagar, mas enraíza-se por completo."

Essa firmeza na simplicidade era a essência de Ângela. Ela sabia que em uma sociedade dominada pelo patriarcado, onde as mulheres precisavam lutar diariamente para conquistar até os mínimos espaços de segurança, não haveria atalhos. Seu espírito resiliente conservava uma sabedoria além da idade – a de que, para existir de verdade, era preciso despesas preciosas de coragem e determinação, sem a ilusão de que voar implicaria abandonar completamente a estabilidade que o chão firme proporcionava.

O campo, com suas paisagens rústicas e a cadência meditativa das estações, testemunhara os primeiros passos de uma menina que, aos 13 anos, já desafiara o destino ao declarar à mãe que seria a arteira de seu próprio futuro. Ao contrário das perspectivas melancólicas que poderiam dominar os corações marcados pela tradição da sobrevivência, ela via o mundo como uma vasta tapeçaria, onde cada fio, por mais áspero e desgastado que fosse, tinha sua razão de existir. Seus pensamentos atravessavam nuances e paradoxos – a luta contra conceitos pré-determinados e a realidade dura de uma sociedade que parecia disposta a punir os ousados, especialmente quando estes desafiavam convenções centenárias.

Enquanto o sol se punha, lançando sombras que dançavam lentamente sobre as calçadas de terra batida, Ângela recordava as histórias que permearam a história de sua família.

Dom Lauriano, o pai que carregava na pele as marcas de incontáveis batalhas contra o destino, era o retrato vivo de uma geração que lutara sem jamais encontrar a recompensa prometida da terra própria.

Com voz embargada pelo peso da memória, em um murmúrio quase quixotesco, ela recordava: > "Pai, cada calo, cada ferida em suas mãos, conta uma história de sofrimento e de luta. Eu vejo nos vestígios que o tempo desenhou em sua pele a prova de que a vida, mesmo que dura, carrega em si a semente de uma esperança silente."

Dom Lauriano era um homem forjado nas adversidades. A roça, seu eterno campo de batalha, não lhe dera jamais a chance de possuir aquelas terras que sustentavam tantas gerações. Ele, que nunca aprendeu a ler ou a escrever de forma completa, fazia-se entender em assinaturas marcadas com o dedo polegar – um gesto que, para os de fora, resumia uma condição de desamparo, mas que para os olhos atentos de Ângela, exaltava a resistência de quem, mesmo às custas de dores imensas, tentava firmar sua existência em papéis e contratos. Havia nele, literalmente, os traços da terra: as mãos ásperas, cuja pele exibia calos profundos e cortes cicatrizados pelo sol escaldante e pelos trabalhos incessantes. Em cada documento, a tinta mal entrava em contato com as impressões dos dedos chuvosos de suor e sangue, como se o próprio combustível da vida estivesse embebido na labuta diária.

> Dom Lauriano, com a voz carregada de resignação, uma vez exclamava: > "Meu Deus, o que será de vocês, meus filhos? Cada assinatura, cada papel, é o reflexo de nossa luta pela dignidade. Espero que vocês, que possuem o brilho

da juventude, consigam quebrar essa maldição que parece nos perseguir."

Essas palavras, ditas em meio a uma tormenta de sentimentos contidos, reverberavam no coração de Ângela como um chamado – não para a vingança, mas para a transformação, para buscar uma vida que transcendesse a condição de simples sobrevivência. Ela absorvia cada relato, cada dor que se conjugava nas histórias de sua linhagem, entendendo que os caminhos já traçados de seus ancestrais eram labirintos complexos, tecendo uma rede de destinos entrelaçados e, muitas vezes, sufocantes.

Enquanto caminhava pelas veredas do sítio, Ângela cultivava uma dualidade em seu pensamento: por um lado, a aceitação das limitações impostas por um passado que parecia imutável, e, por outro, a vontade incansável de mudar o futuro – de transformar a dor em força, os calos em marcas de resistência e as cicatrizes em troféus de uma batalha que, ainda que interna, poderia ressignificar a existência de sua família. Essa tensão entre o destino sombrio dos trabalhadores que labutavam sob o jugo dos grandes proprietários e a sua própria convicção de que poderia haver algo mais – algo além do "sobreviver" – era o motor que impulsionava a jovem.

Em meio às tardes que se alongavam, onde o som dos passarinhos se mesclava com o murmúrio do vento entre as árvores, ela se recordava de diálogos que, ainda que simples, carregavam o peso de realidades maiores:

> *"Pai, a vida não precisa ser apenas uma sucessão de dias árduos. Eu acredito que existe um mundo onde os sonhos podem se tornar leis, onde a justiça não seja apenas um ideal*

distante..." >> "Minha filha, o mundo lá fora é como uma imensa cidade onde tudo parece possível, mas também onde o risco é tão grande quanto a esperança. Aqui, na terra, nossas raízes são profundas – se um dia decidires cortá-las, que o faça com muita cautela."

Essas trocas, impregnadas de afeto e de uma sabedoria quase ancestral, moldaram a personalidade de Ângela. Aos 15 anos, já com o olhar questionador e a sensibilidade aguçada, ela compreendia que cada pequeno ato de resistência era uma centelha capaz de iluminar os cantos mais sombrios de uma existência marcada por conflitos e desafios. Ela não via os dilemas cotidianos apenas como obstáculos, mas sim como convites para se reinventar e para romper as barreiras que a sociedade, em sua rigidez e tradição, insistia em impor.

A inquietude que agitava seu peito fazia com que, em momentos solitários, ela se deixasse levar por longos devaneios. Imaginava a cidade não como um lugar de glórias instantâneas, mas como um universo repleto de desafios e de oportunidades onde, passo a passo, poderia construir uma nova narrativa para si mesma e para aqueles que, assim como ela, desejavam transcender a mera existência mecânica. Ainda que o interior lhe proporcionasse o aconchego da rotina e a segurança silenciosa das tradições, o anseio pelo Direito – e, por extensão, pela possibilidade de influir na justiça social – não lhe permitia fechar os olhos para o que o mundo urbano poderia oferecer.

Em seus momentos de introspecção, Ângela recordava as palavras de sua mãe, que, com a voz macia, porém firme, lhe dizia: > *"Minha menina, o destino é como um campo sem cercas. Por vezes, a chuva vem e varre tudo, mas também rega a terra para que novas sementes possam brotar. Nunca esqueça que o que te faz forte é a tua capacidade de semear a esperança, mesmo quando tudo ao redor parece desolado."*

Essas palavras ecoavam na alma de Ângela, moldando seus pensamentos e decisões. Apesar de não se identificar com rótulos revolucionários ou com idealismos que prometiam a mudança imediata, ela sabia que cada gesto – cada estudo, cada primeiríssima assinatura de um contrato futuro – seria uma pequena rebelião contra as forças que, por tanto tempo, haviam mantido sua família à mercê de um sistema opressivo.

O sol da manhã, recém-nascido em um céu ainda tímido, costumava trazer consigo a memória de dias anteriores. Havia algo quase místico na forma como a luz penetrava pelas frestas das paredes simples da casa da família, revelando detalhes antes ocultos: os traços de cansaço no rosto de Dom Lauriano, as marcas do tempo na madeira envelhecida dos móveis, os detalhes de um ambiente onde o passado e o presente conversavam em silêncio. Para Ângela, cada detalhe era um convite à reflexão: o toque áspero das mãos do pai ao folhear um documento assinado com tanto sacrifício, o olhar cansado que se encontrava com o brilho firme de sua determinação juvenil.

Muitas vezes, em noites de insônia, quando o céu estrelado parecia contar segredos esquecidos, ela se pegava relembrando cenas da vida na roça – momentos que, agora, se transformavam em flashbacks repletos de simbolismo. Recordava o cheiro úmido da terra após a chuva, os murmúrios de conversas antigas entre vizinhos que, em cada palavra, guardavam a verdade de uma existência árdua, mas digna.

> *"Cada gota d'água que cai no solo é como um suspiro da terra, pedindo que não a esqueçamos, que não deixemos de lutar por aquilo que ela representa."* > > Essa era a sensação que percorria a mente de Ângela ao revisitar, mentalmente, os tempos em que os risos e as lágrimas se misturavam sem distinção, criando uma sinfonia única de sentimentos.

No âmago desse universo, a figura de Dom Lauriano se erguia – não apenas como um pai resignado, mas como o símbolo palpável de uma história de renúncia e de resistência. Ele fora moldado por uma vida de desafios contínuos, onde a leitura dos sinais do destino era feita pelas rugas que o tempo esculpiu em seu rosto, e onde a escrita, mesmo que feita com o toque incerto de dedos calejados, tinha um significado imensurável. Em cada gesto seu, havia o peso de uma hereditariedade que, muitas vezes, parecia um fardo impossível de carregar.

Ao vislumbrar o pai trabalhando na lavoura, com a solidez de um homem que conhece cada centímetro da terra que pisa, Ângela refletia: > *"Sei que seus passos são marcados pela resignação e, ao mesmo tempo, pela coragem de quem não tem escolha senão enfrentar o que lhe é imposto. Mas, talvez, esse mesmo chão que tantas vezes lhe causou dor também possa ser o berço de uma nova esperança. Eu quero acreditar que, mesmo quando o destino parece selado, há sempre a possibilidade de um novo capítulo escrever-se, se apenas tivermos a audácia de reescrever as regras."*

A jovem se via imersa nas contradições de um mundo em que os erros e acertos se confundiam como as cores do crepúsculo. Ela compreendia, com uma maturidade inesperada para sua idade, que a liberdade não era concedida de forma gratuita aos que nascem em meio a desafios, mas sim conquistada com esforço, resiliência e, sobretudo, com a ousadia de enfrentar verdades incômodas. Esse entendimento estava impregnado em seu DNA, assim como as marcas do sol e da terra estavam nas mãos de seu pai.

Entre as muitas reflexões que cruzavam sua mente, a lembrança dos ancestrais – aqueles que, em tempos imemoriais, viram seus dias se consumirem numa labuta extenuante sob o olhar impiedoso daqueles que detinham o poder – sempre a acompanhava. Ela entendia que, mesmo que alguns parentes tivessem conseguido mitigar um pouco o rigor do destino, a maioria deles sucumbira ao ciclo de dor e de lutas sem glória. Não se tratava apenas de condições de trabalho degradantes ou da miséria material, mas de um sistema que, implacavelmente, tirava da alma o que ela tinha de mais precioso: a esperança de um futuro melhor.

> *"Não permitirei que eu mesma, nem nenhuma outra pessoa, se renda simplesmente à fatalidade. Aqui, neste solo que respira histórias de lágrimas e de suor, plantarei a semente de uma revolução silenciosa – uma revolução da mente, do espírito e, sobretudo, do coração."* > > Estas eram as palavras que, na intimidade de seu ser, ela repetia como um mantra, determinada a transformar cada dificuldade em combustível para a mudança.

Enquanto os diálogos internos se entrelaçavam com os murmúrios do vento que passava entre os canaviais e as fileiras de trigo, Ângela via no horizonte algo que resumia sua dualidade: o desejo de partir para a cidade grande e a segurança de permanecer onde suas raízes se estabeleciam com tanta firmeza. Apesar de muitos ao seu redor acreditarem que a transição para o ambiente urbano não seria a solução para os infortúnios, ela sabia que essa mudança – representaria tanto para ela, quanto para muitos, uma possibilidade de libertação – e que trazia consigo mesmo nas incertezas, de abandonar o aconchego de uma vida que, mesmo dura e genuína, era preciso tentar e ousar sair da zona de conforto.

Em uma dessas tardes repletas de pensamentos, após uma conversa silenciosa com sua mãe sob a sombra generosa de um velho ipê, Ângela se dirigiu ao pai que, com as mãos manchadas de suor e sangue, limpava os instrumentos de trabalho. Aproximou-se devagar, como se temesse quebrar o delicado equilíbrio que os fazia seguir adiante, e disse num tom carregado de ternura e esperança:

> *"Pai, eu desafio o destino. Um dia, eu serei mais do que o que se espera de mim. Serei a voz daqueles que jamais puderam ser ouvidas, a justiça que este campo de lutas anseia por ver."*

Dom Lauriano ergueu o olhar – ele, cujos olhos já carregavam a melancolia de incontáveis amanhãs descoloridos – e com uma voz rouca, mas plena de sentimentos, respondeu:

> *"Minha filha, teus olhos brilham com a luz dos que acreditam em um caminho novo. Mas lembra-te: o preço da mudança é alto, e o mundo lá fora é feito de espinhos e de flores. Sê forte, e não te esqueças jamais de onde vieste."*

Essas trocas de palavras, entrecortadas pela cadência da vida rural, transformaram-se em uma espécie de diálogo ancestral, onde cada murmúrio carregava a tensão entre o fim de um ciclo e o início de uma jornada incerta. Cada palavra, cada pausa, era um lembrete de que o presente era um terreno em constante ebulição – e que, embora o interior ainda os abrigasse, o coração de Ângela já começava a mapear os contornos de um destino além dos limites conhecidos.

Enquanto os dias se sucediam, a jovem passava horas imersa em livros e cadernos emprestados, onde procurava decifrar os enigmas do Direito. Não via nessa busca apenas a razão técnica dos textos, mas a possibilidade de transformar a própria realidade, de ressignificar a justiça que, por tanto tempo, fora privilégio daqueles que dominavam os espaços públicos e privados. Para ela, estudar Direito era mais que um meio de ascensão profissional – era um ato de rebeldia, uma recusa em aceitar que a dura herança do campo tivesse que ditar as regras de sua existência e a dos que amava.

O crepitar das páginas ao ser folheadas no silêncio do entardecer parecia dialogar com o som distante de carrapichos e rodas de carroças. Em cada livro, entre os registros e os parágrafos, Ângela encontrava pequenas luzes que, quando unidas, formavam a constelação de seu ideal de vida. Seus pensamentos se intercalavam com ventos de mudança e com o peso de tradições seculares; lágrimas de frustração mesclavam-se com sorrisos tímidos de esperança.

Em um desses momentos de pura introspecção, ela se recordou com clareza de uma conversa que aconteceu quando tinha apenas 13 anos, momentos estes que moldaram sua convicção pessoal:

> *"Mãe, eu não deixarei que o mundo decida por mim. Se o destino insiste em ser cruel, então serei eu que escreverei minhas próprias leis. Cada letra que aprender, cada princípio de que decifrar, será a arma com que enfrentarei a injustiça que nos foi imposta."*

Sua mãe, com os olhos marejados e um sorriso que misturava orgulho e dor, respondeu suavemente:

> *"Minha querida, o caminho será sinuoso e cheio de espinhos, mas se mantiveres teu espírito firme e teu coração íntegro, não há força neste mundo que possa deter tua vontade de mudar o que te cerca."*

Essa promessa silenciosa, gravada no âmago de seu ser, acompanhava cada passo que ela dava. Ainda que os campos familiares exalassem o cheiro da rotina e da resignação, a mente de Ângela fervilhava com planos de um futuro onde a cidade – tão cheia de luzes, cores e, aqui e ali, de injustiças a serem combatidas – se transformaria no palco de sua transformação pessoal. Contudo, ela jamais abandonaria a essência que a fazia única, pois entendia que a luta pela dignidade e pelo direito de viver não era algo que se começasse e terminasse com uma viagem; era um processo contínuo, que se enraizava profundamente em cada gesto e decisão tomada naquele pedaço de mundo.

A história de Dom Lauriano, com suas mãos marcadas por incontáveis batalhas, era a lição viva de que toda conquista, por mais modesta que fosse, tinha seu preço pago de suor e sangue. Cada calo, cada cicatriz era um registro silencioso das horas intermináveis passadas sob o sol, das noites de insônia imaginando um alívio que quase nunca chegava. E, ao observá-lo trabalhar, Ângela não podia deixar de pensar:

> *"Será que um dia, se eu trilhar esse caminho de justiça, os fantasmas do passado se transformarão em memórias de superação? Ou continuarei a carregar esses calos no coração, lembrando-me de que o peso da história é difícil de se livrar?"*

Esses questionamentos ecoavam como um refrão em sua mente, relembrando-lhe que, embora fosse apenas uma criança em idade avançada – aos 15 anos, marcados pela maturidade precoce –, ela tinha a rara capacidade de enxergar além do horizonte imediato. Seus pensamentos vagavam pelos labirintos do tempo, conectando os grãos de sua existência aos relances de um futuro que ela mesma se comprometera a escrever, mesmo que a forma daquela escrita permanecesse oculta, como um segredo guardado nas entrelinhas da vida.

O interior, com seu ritmo monótono e seus cenários que, a cada estação, se renovavam em cores e sensações diferentes, servia tanto de refúgio quanto de campo de treinamento para aquele espírito indômito. O ambiente rural, com todas as suas dificuldades, ensinava a cada amanhecer que a vida – mesmo que retratada pela simples rotina de cultivar a terra – tinha uma beleza singular e uma poesia própria, muitas vezes esquecida pelos que nunca tiveram a chance de olhar de perto para o detalhe de cada folha, cada gota de orvalho sobre a relva.

Ao entardecer, quando a brisa parecia sussurrar histórias de amores perdidos e batalhas vencidas, Ângela costumava repousar à beira do riacho que cortava a propriedade. Ali, sob o murmúrio da água e o cantar ritmado da natureza, ela deixava que as lembranças e os medos se mesclassem com sonhos e ambições. Em um desses momentos de calma absoluta, murmurou para si:

> *"Eu sei que o mundo lá fora guarda desafios imensos. Mas se a terra me ensinou algo, é que até mesmo o solo mais árido pode dar vida a flores que desafiam a própria lógica."*

A voz da natureza, aliada aos ecos distantes das lições ensinadas por seu pai, formava em seu íntimo um coral de esperanças e advertências. Cada rio, cada árvore, cada som da fauna local parecia reforçar a mensagem de que o verdadeiro valor da vida estava no esforço de transformar a realidade – e que, por mais enraizadas que fossem as tradições do campo, sempre haveria espaço para o impulso do novo, para a ousadia de reescrever os contornos de um destino aparentemente selado.

Enquanto os raios finais do sol acariciavam o rosto de Ângela e iluminavam as marcas de tempo e lutas inscritas nas paredes simples de sua casa, ela entendia que sua jornada estava apenas começando. O campo, com todas as suas limitações e encantos, era uma escola rigorosa, e cada dia vivido ali era uma aula sobre resiliência, coragem e, sobretudo, sobre o preço da liberdade. Esse preço, muitas vezes pago em suor e lágrimas, estava destinado a ser transformado – ela acreditava piamente que, ao estudar Direito, poderia dar voz a outros trabalhadores, a outros que, como Dom Lauriano, haviam dedicado suas vidas ao labor sem jamais receber a dignidade que lhes era devida.

Porém, mesmo consciente de que o caminho à frente estava repleto de obstáculos, Ângela se recusava a aceitar um destino imposto pelas máquinas corporais de um sistema injusto. Ela sabia que o impulso que a movia era fruto não apenas de uma educação consciente, mas também de uma sensibilidade que a permitia ver, onde outros apenas viam o cotidiano, os contornos de um novo mundo.

> *"Eu serei a artífice do meu destino, e se a cidade um dia me chamar, levarei comigo o suor desta terra, a sabedoria dos calos e a coragem dos que vieram antes de mim."*

Mesmo que o anseio por romper com o que lhes fora imposto tivesse o potencial de transformar a vida de sua família, Ângela mantinha um equilíbrio delicado entre o desejo de mudança e a necessidade de preservar aquilo que a definia: as raízes profundas, as histórias contadas nas dobras do tempo, e o amor silencioso de um pai que, apesar de suas limitações, enxergava na filha a promessa de um futuro diferente.

Assim, enquanto a noite desenhava seu manto estrelado sobre os campos, a jovem jurava a si mesma – em pensamento e em silêncios compartilhados com o vento – que o novo capítulo de sua vida seria escrito com a tinta da coragem, sem jamais esquecer o sabor terroso da infância vivida entre as palhas e os caminhos de terra batida. A cidade, com toda a sua modernidade e desafios, era um horizonte distante, ainda por ser alcançado, mas que não apagava a chama que ardia intensamente dentro dela. O campo continuava sendo sua morada, o cenário onde os primeiros atos de resistência e amor se desenrolavam, e onde cada batida de seu coração reafirmava que, antes de sair para a busca de algo maior, era preciso reconhecer e valorizar as lições que apenas o ambiente que a viu crescer poderia ensinar.

Em cada lágrima silenciosa, em cada sorriso contido, residia a promessa de que nenhum obstáculo seria tão imenso a ponto de apagar o brilho inabalável de sua determinação. E, enquanto a noite seguia seu curso, preenchendo o espaço com seus enigmas e segredos, a voz de Dom Lauriano, agora um eco suave e reconfortante, murmurava junto ao som da natureza:

> *"Lembrem-se, meus filhos, que mesmo a mais suave das brisas pode carregar o poder de transformar o destino. Não temais o futuro, pois nele reside a chance de um renascimento."*

Essas palavras, impregnadas de uma verdade que ultrapassava gerações, garantiam que, mesmo depois do dia se findar, as esperanças e os anseios permaneceriam vivos, pulsando como o batimento incessante de um coração que se recusa a ser vencido pelas agruras do tempo.

E assim, com o silêncio cúmplice da noite e o farfalhar das folhas como testemunha, Ângela encerrava mais um dia repleto de reflexões, sonhos e pequenas vitórias – sempre com a consciência de que o grande desafio, aquele que a levaria eventualmente à cidade e a novos horizontes de aprendizado e justiça, ainda estava por vir. Cada capítulo dessa vida, por mais doloroso que pudesse ser, era um convite para a transformação, para a descoberta de que a verdadeira liberdade se constrói, tijolo por tijolo, na soma de experiências que jamais se apagam, mesmo diante do açoite impiedoso do destino.

Capítulo II – O Reflexo da Terra na Face de Dom Lauriano

O semblante de Dom Lauriano era a expressão viva de décadas de labuta exaustiva sob o sol implacável do campo. Sua estatura, curta e corcunda, parecia esculpida pela própria dureza da vida no interior, enquanto as feições – riscadas, marcadas pela desidratação e pelo ressecamento da pele – contavam histórias de dias intermináveis de sofrimento e resistência. Cada ruga era um traço da passagem impiedosa do tempo e dos abalos provocados pelo árduo trabalho, e os contornos dos seus ossos se delineavam sob a pele como testemunhas silenciosas de uma existência forjada no fogo das adversidades.

Sob um velho chapéu de palha, que trazia as marcas de inúmeros verões e que já exibia rasgos e um amarelado desbotado, seus poucos cabelos se mostravam tímidos, como se tentassem resistir à inevitável erosão causada pelas intempéries. A imagem que ele projetava lembrava mais um espantalho, uma figura quase mítica, que parecia existir mais para representar os fantasmas do labor do que a figura de um ser humano – um homem que começara a trabalhar no campo aos sete anos de idade, antes mesmo de saber o verdadeiro significado da infância.

As mãos de Dom Lauriano eram, por si só, um compêndio de histórias. Seus dedos, braços e palmas exibiam feridas abertas e cicatrizes profundas, marcas de batalhas diárias travadas com a terra e com instrumentos rústicos como enxadas, foices e facões. Cada calo, como se fosse uma medicação amarga, denunciava a dor de anos de esforço, de um trabalho que não permitia sequer uma breve pausa. Havia nelas tanto suor quanto sangue, a impressão de que cada gesto, cada assinatura de um papel – muitas vezes feita com o polegar ou, em raras ocasiões, com o indicador – era uma luta contra a própria degradação do corpo.

Um resquício de barba, malfeita e sem o vigor de uma folhagem densa, desenhava em seu rosto um ar de alguém que se encontrava suspenso entre a vida e a morte, como se cada fio fosse um suspiro de resistência prestes a se esvair. Suas pálpebras, pesadas e caídas, revelavam um cansaço que ia além do físico, transmitindo a dor enraizada no âmago de seu ser. Em momentos de extremo desgaste, era possível observar tremores involuntários que percorrendo seu corpo indicavam um sistema nervoso sobrecarregado – consequência não apenas dos rigores do trabalho, mas também do contato constante com produtos químicos, com os resíduos inevitáveis do labor e com os medicamentos que, mesmo à custa de efeitos colaterais, buscavam aliviar seu sofrimento.

O olhar de Dom Lauriano, entretanto, era o mais enigmático de todos os seus traços. Em certos momentos, aquele olhar se perdia no horizonte, como se visse a morte rondando cada esquina de sua existência, como se a própria figura da mortalidade se ocultasse nos detalhes da vida campestre. Seus olhos, apesar de tudo, carregavam um brilho singular, uma luz tênue e insistente que se recusava a se apagar – como se, mesmo diante de inumeráveis desafios, ele aguardasse secretamente um milagre, uma epifania que o salvasse daquela trajetória quase maldita.

Seu queixo fino e pontuoso, esculpido pelas longas batalhas contra a pobreza e pela dureza de uma existência implacável, completava o quadro de um homem que, apesar de irreconhecível para os olhares distantes, era insubstituível para aqueles que viviam a sua rotina de perto. Pequenas gotas de suor frio corriam do pescoço aos ombros, estes, marcados por feridas e calos que contavam a saga de uma vida de sacrifícios. Cada mancha e cicatriz era um lembrete do peso insuportável que o trabalho braçal impunha, mas também um testemunho da perseverança e da honra com que ele conduzia sua existência.

Contudo, por mais que o corpo de Dom Lauriano estivesse deteriorado, nada ofuscava o brilho firme que ainda residia em seus olhos. Havia neles a certeza velada de que, mesmo nos momentos mais sombrios, algum evento positivo ou algum lampejo de sorte poderia, de repente, transformar o curso de sua vida. Essa esperança, mesmo que tímida, parecia ser o farol que guiava seus dias, lembrando-o de que o caráter forjado em décadas de trabalho honesto era um tesouro inabalável, nada menos que uma herança de dignidade, orgulho e respeito – tanto pelo que dava quanto pelo que recebia da vida.

> *"Por mais que a terra nos quebre o corpo, ela nunca nos rouba a alma,"* murmurava Dom Lauriano, num quase sussurro para si mesmo, enquanto cada gota de suor lhe recordava de um sacrifício maior.

De fato, aquele homem possuía uma personalidade forte, cuja essência parecia vibrar com uma energia quase paradoxal. Embora seu físico estivesse arruinado, sua integridade e ética reluziam com um brilho intenso, forjado na labuta diária com instrumentos simples e na coragem de enfrentar adversidades que poucos ousariam suportar. Seu orgulho, sempre moderado e equilibrado, nutria um respeito profundo que se manifestava tanto em seu dar quanto em seu receber – uma atitude que ditava as regras de uma convivência pautada na reciprocidade, mesmo nos momentos em que o mundo lá fora parecia esquecer os princípios da justiça e do bom senso.

Por trás da aparência que para alguns poderia parecer sombria ou mesmo degradante, emergia, contudo, a figura de um homem verdadeiramente humano, com sentimentos, anseios e uma história que o marcava de maneira inconfundível. Ali, debaixo daquele invólucro de pele marcada pelo tempo, residia um ser que havia—apesar dos infortúnios—conseguido se manter íntegro, um homem que dedicava sua existência àqueles que amava, àqueles que dividiam com ele o mesmo destino difícil. E ele era, acima de tudo, o pai de três filhos, cada um carregando em si uma parte dessa herança tanto de luta quanto de esperança.

As Faces dos Filhos de Dom Lauriano

Abelardo, o primogênito, era o filho que os anos lhe haviam dotado com uma astúcia nata, um brilho nos olhos que revelava uma mente sempre alerta e crítica. Contudo, essa esperteza vinha acompanhada de uma dualidade emocional muito intensa. Em certos momentos, Abelardo se transformava num jovem colérico – explosivo, incapaz de conter o alvoroço que a vida no campo lhe impunha –, enquanto em outras ocasiões sua postura se entregava a uma melancolia quase paralisante, onde as lamentações e o sentimento de impotência dominavam.

> *"Como posso eu transpor esta barreira intransponível?"* dizia ele, num acesso de raiva que logo se esfriava em lágrimas silenciosas, manifestando um comportamento paradoxal que oscilava entre o vigor de um espírito inquieto e a rendição característica de quem se sente vencido pelo destino.

Aos olhos de Dom Lauriano, Abelardo era, muitas vezes, apenas mais um trabalhador assombrado pelo mesmo ciclo de lutas enfrentado por gerações anteriores. Ele sabia que o filho, por mais brilhante que fosse em certos instantes, ainda não havia encontrado dentro de si a força para romper com a maldição que parecia assombrar a família – uma maldição que surgira ao longo dos tempos, tecida por um sistema socioeconômico cruel e por perdas trágicas que mancharam o legado dos ancestrais. Mesmo assim, o pai nunca pronunciava tais pensamentos em voz alta. Ao contrário, ele procurava, com silenciosa paciência, oferecer todo o apoio possível, sabendo que o desejo de transformação e de superação era um dom que cada indivíduo deveria encontrar por si só, sem que outro impusesse suas expectativas.

Enquanto Abelardo lutava com os próprios demônios, a dinâmica familiar se revelava com uma hierarquia de afetos bem peculiar. No meio dessa estrutura, encontrava-se Ângela, a filha do meio, tratada de forma equilibrada e sem regalias excessivas, mas com a atenção e o carinho que somente um pai que compreende os rigores da vida no interior consegue oferecer. O trato dispensado a ela, relativo ao que era feito para seus irmãos, variava apenas nos detalhes: os conselhos destinados a Abelardo e ao caçula Antônio carregavam um tom mais objetivo e pragmático, enquanto aqueles endereçados a Ângela, embora igualmente firmes, traziam uma nuance de cuidado particular, como se o olhar materno e paterno procurasse, em sua delicadeza, suavizar os impactos de um mundo que muitas vezes parecia injusto demais para uma menina.

Desde o primeiro instante, a presença de Ângela fora marcada pela convivência íntima com o irmão mais velho. Ainda muito pequena, foi introduzida ao universo dos afazeres do campo, recebendo sob a tutela de Abelardo as lições práticas que cada dia de trabalho ensinava. Aos cinco anos, o campo era sua sala de aula, onde aprender a roçar a terra, capinar, plantar, regar e colher não era apenas uma necessidade, mas uma rotina sagrada passada de geração em geração.

Aos oito anos, a menina já desempenhava papéis que ultrapassavam as tarefas agrícolas: ajudava na preparação dos alimentos, nas tarefas domésticas e na organização do quintal – uma verdadeira escola de vida construída na simplicidade e na urgência do cotidiano rural. Essa educação, ainda que carente da formalidade de uma sala de aula, era rica em sabedoria ancestral e em experiências que moldavam o caráter de quem, desde tenra idade, aprendeu que o trabalho era tanto uma fonte de sustento quanto um meio de crescimento.

Antônio, o caçula, completava essa tríade familiar com uma fragilidade singular. Desde muito novo, seu corpo fora acometido por um problema de saúde que impunha severas limitações. Os médicos, com palavras que pareciam selar o seu destino, afirmavam que sua doença era incurável e irreversível. Essa condição, longe de ser fruto de descuido, refletia as limitações impostas por uma vida de obrigações inflexíveis – a mesma rotina que exigia que, mesmo os mais frágeis, se submetessem às exigências dos patrões e à lógica implacável da sobrevivência.

Antônio apresentava, portanto, um temperamento que oscilava entre a reclusão e a paciência quase resignada, temperado por episódios de crises e convulsões que, em sua natureza, revelavam uma sensibilidade exacerbada. Contudo, mesmo diante de tais fragilidades, ele era arrastado para a lavoura, submetido ao sol escaldante e às intempéries do campo, muitas vezes sem conseguir seguir rigorosamente a rotina de seus medicamentos, devido à sobrecarga de obrigações familiares. Essa situação, embora dolorosa, era encarada com uma resignação quase trágica, pois os compromissos assumidos - tanto pelos pais quanto pela estrutura imposta pelos patrões – não deixavam margem para cuidados individualizados, exigindo que cada membro da família se doasse com intensidade quase heroica.

Nesse microcosmo familiar, a tríade de irmãos compartilhava uma dinâmica que transcorria entre o apoio mútuo e a inevitável dor das perdas. Entre o nascimento de Abelardo e o de Ângela, a família havia sido atingida por uma tragédia silenciosa: a morte de três filhos, entre eles dois gêmeos univitelinos, que se foram como sombras deixando um vazio irreparável. E, novamente, entre o nascimento de Ângela e o de Antônio, outras duas vidas se extinguiram, reforçando a ideia de uma maldição – não necessariamente sobrenatural, mas certamente enraizada nas condições sociais e históricas que os afligiam.

Dessa forma, desde muito nova, Ângela aprendeu a cuidar dos seus, incorporando a tradição familiar de assistência e reciprocidade. Abelardo, que outrora havia sido o primeiro a ampará-la, via nela a continuidade de um ciclo onde o cuidar e ser cuidado formava a pedra angular da sobrevivência familiar. Pais e filhos, em uma relação circular de apoio, compreendiam que, mesmo sem a instrução formal e sem grandes recursos, o verdadeiro valor residia na solidariedade e na honra de manter a palavra dada. Essa ética, que talvez soe utópica aos olhos de um mundo moderno, era a realidade nua e crua vivida diariamente por Dom Lauriano e sua família.

> *"Aqui, o amor não se mede em porções iguais – ele se adapta, se transforma, e se renova na troca silenciosa entre o que se dá e o que se recebe,"* refletia Ângela enquanto observava a rotina de seus pais e irmãos, compreendendo, desde cedo, a profundidade daquilo que a vida lhes ensinava.

Entretanto, mesmo com esse ciclo virtuoso de cuidado mútuo, não se podia ignorar que o destino reservava desafios ainda maiores para os mais frágeis do lar. Antônio, com sua condição de saúde delicada, enfrentava diariamente a sombra de um futuro incerto, onde o simples ato de trabalhar sob o sol forte parecia uma batalha contra a própria natureza. Os convulsos de seu corpo e os ataques inesperados eram lembretes dolorosos de que, para muitos, a luta pela sobrevivência envolvia não só o enfrentamento do trabalho árduo, mas também uma batalha interna contra limitações intransponíveis. E, embora os pais e irmãos se empenhassem em dar o melhor cuidado possível, a inevitabilidade de certas condições permanecia como um fardo que a família tinha de suportar com resignação e coragem.

No fundo, toda essa estrutura familiar carregava em si a certeza de que o caráter não se compra, nem se molda com soluções fáceis. Desde que se nasce, cada ser é forjado por suas vivências, pelos amores, pelas perdas e pelas reviravoltas de um destino que, em muitos casos, parece selado pelas condições históricas e sociais. Para Dom Lauriano, aquele inescapável constatava-se: as promessas feitas pelos patrões ou pelo sistema jamais se demonstravam como verdadeiras, evidenciando que a dignidade e o caráter se constroem na luta diária – naquilo que se paga de suor e sangue, sem nunca se render completamente à ilusão de uma vida sem dor.

> *"O caráter é a marca que deixamos quando todos os bens materiais se vão,"* ele murmurava, quase num rezo, lembrando a todos que as cicatrizes de sua pele eram medalhas de uma honra conquistada a duras penas.

Assim, entre os rostos marcados e os destinos entrelaçados, a família de Dom Lauriano seguia seu caminho. O pai, com sua aparência esculpida pelo tempo e pela luta, via em cada filho não apenas um reflexo do passado, mas uma esperança tímida de que, mesmo na penumbra da miséria, poderia haver um caminho para a transformação. Cada gesto, cada olhar, era impregnado de uma sinceridade que ultrapassava as palavras e se consolidava na prática do afeto e do apoio mútuo – uma herança que, apesar das inúmeras perdas e limitações, mantinha viva a chama da resistência.

Nesse cenário de contrastes entre a degradação física e a resiliência emocional, a verdade se revelava de forma crua: a vida no campo era uma escola severa, onde o labor forjava não apenas o corpo, mas também o espírito dos que se recusavam a sucumbir. E, embora Dom Lauriano possa parecer, à primeira vista, uma figura fadada à derrota, havia nele uma centelha de humanidade que se recusava a ser apagada pelo inevitável desgaste do tempo. Essa centelha, tão delicada quanto poderosa, era o que o tornava não apenas um trabalhador incansável, mas um verdadeiro depositário dos valores da honra e da dignidade – valores que, transmitidos silenciosamente a seus filhos, formavam a base de uma família que, apesar de todas as adversidades, não se deixava vencer.

Capítulo III – Sob a Égide da Matriarca

A matriarca dessa família era Dona Eunice – uma mulher cujo olhar carregava a dureza de uma existência forjada em meio às lutas diárias do campo, mas também uma ternura que contornava a aspereza do mundo. Fruto de origens humildes, seus pais e avós viveram e morreram na lavoura, e desde cedo ela aprendeu que a terra, por mais ingrata que fosse, era também o berço de suas esperanças. Crescendo entre os extensos e áridos campos, Dona Eunice adquiriu, junto com seus irmãos, o saber prático que só a rotina do labor pode ensinar. Enquanto alguns de seus irmãos vieram a morrer nos próprios campos — vítimas do infortúnio e da exaustiva labuta — outros fugiram para a cidade grande, levando consigo o desejo de buscar oportunidades que o ambiente rural, por mais autêntico, jamais poderia proporcionar.

> *"A cidade, minha filha, não é um paraíso encantado. Lá também há amarguras, desafios e muitas lutas que não se vislumbram a dedo,"* advertia Dona Eunice com voz firme e pausada, justamente enquanto o crepúsculo delineava as marcas do tempo em seu semblante. Essa mensagem, que seria repetida diversas vezes ao longo dos anos, moldou o imaginário de Ângela, que escutava com reverência e uma pitada de inquietação o universo desconhecido das promessas urbanas.

Dona Eunice não se limitava apenas ao labor no campo; além disso, exercia com afinco o papel de chefe e governanta da família. Apesar de nunca ter tido acesso facilitado à educação formal, ela conseguiu, graças a pequenos cursos e à ajuda de irmãos que aprenderam com os filhos de patrões, desenvolver habilidades básicas de leitura e escrita. Esse feito, tão raro e precioso para uma mulher empobrecida como ela — especialmente sendo já considerada "velha" aos olhos do mundo, com seus 43 anos oficiais (embora a aparente idade se aproximasse dos 56 ou 58 anos) — era motivo de orgulho e, sobretudo, de uma autoconfiança silenciosa. Cada traço de sua caligrafia, por menor que fosse, carregava a força de alguém que se recusava a ser totalmente subjugada pela ignorância imposta pela vida dura no campo.

Enquanto Dom Lauriano, seu esposo, carecia de tais aptidões e, mesmo com 49 anos de idade (que, assim como os dela, pareciam amplificados pelo peso do labor, fazendo-o aparentar entre 63 e 65 anos), evidenciava uma física deteriorada pelas intempéries e pelo incessante trabalho braçal, Dona Eunice brilhava por sua capacidade de gerir as tarefas diárias e distribuir funções a seus filhos com precisão e amor. Essa complementaridade entre a dupla – ele, o eterno batalhador marcado pelo suor e pela dor nas mãos; ela, a administradora do lar, que mesmo limitada à simplicidade da escrita, possuía um conhecimento intuitivo das sutilezas da vida – era um dos pilares que sustentava a família.

A história familiar, contudo, não se resumia somente ao presente. Os resquícios das tragédias passadas estavam fortemente enraizados: entre o nascimento de Abelardo, o primogênito, e de Ângela, três vidas infantis se perderam – dois gêmeos univitelinos dentre eles –, e, entre o nascimento de Ângela e do caçula Antônio, outros dois filhos deixaram este mundo. Essas perdas, que por si só poderiam ter sido um fardo insuportável, se transformaram num símbolo sombrio de uma maldição histórica. Ainda assim, elas forjaram um elo de compaixão e solidariedade entre os sobreviventes, reforçando a ideia de que cada dia era uma vitória contra o destino implacável.

Dona Eunice, com a força de sua experiência, sempre enfatizava que a beleza do rosto não se encontrava em uma aparência jovial — algo inalcançável diante da miséria, da fome e dos intensos desafios diários. Em certa ocasião, enquanto preparava a modesta refeição do dia, ela disse, entre risos ressignificados:

> *"Quando o bucho dói e não há nada para se comer, não adianta ter o rosto repleto de maquiagem. Comida e um semblante sereno andam juntos, e a dignidade vem do sustento, não da vaidade."*

Essas palavras não se limitavam a um simples provérbio; eram a síntese da filosofia que regia a existência no interior. Para ela, os pequenos detalhes da vida — o suor que rolava pelo rosto, as jornadas intermináveis para buscar um alimento decente, a incerteza sobre o paradeiro dos patrões – eram as marcas de uma resistência heroica. E essa mesma filosofia flexionava as possibilidades e os sonhos de sua filha Ângela, que observava tudo com grande curiosidade, mesmo sem conhecer muito bem os desafios futuros que talvez o ambiente urbano iria lhe impor, caso estivesse nele.

A realidade de Dona Eunice se estendia também pelo fator geográfico. Morando numa zona rural afastada, a família enfrentava diariamente a exaustão de deslocamentos: a distância para chegar a uma farmácia, supermercado ou ao comércio mais próximo era de aproximadamente quatorze quilômetros e meio. Essa distância, que impregnava os dias com cansaço e preocupação, era acompanhada por outra dificuldade: a dependência de um único bem material de valor inestimável para eles, a velha bicicleta. Comprada por Dom Lauriano nos tempos de juventude, essa bicicleta já tinha traçado suas próprias histórias e se tornava um elo de comunicação com o mundo além dos campos. Porém, a utilização do veículo não era comum – os riscos de ser assaltado e a necessidade de manter o bem para os trabalhos diários no campo eram fatores decisivos para que muitas vezes a família optasse por percorrer a longa jornada a pé.

> *"Se perdermos essa bicicleta, ficará bem difícil voltar para casa ou conseguir o que precisamos na cidade,"* refletia Dona Eunice, cuidando para que seus filhos não a utilizassem sem pensamento, pois aquele único meio de transporte era a linha tênue que os ligava a um universo distante, dominado por regras arbitrárias dos patrões.

Esses patrões, figuras que compunham o poder opressivo sobre os trabalhadores, impunham ainda mais barreiras: para usar um animal de tração – como jegues, burros ou até cavalos –, era preciso obter a permissão dos proprietários, que se ausentavam de maneira imprevisível. Se os patrões não estavam na propriedade, os funcionários trabalhavam com a incerteza de que, a qualquer momento, poderiam ser surpreendidos por uma cobrança inesperada ou pelos rigores de uma disciplina marcada pela indiferença.

Diante disso, Dom Lauriano e Dona Eunice, mesmo após dezessete ou dezoito anos de relacionamento com os patrões, não ousavam se informar demais sobre os paradeiros ou a rotina dos donos das terras. O receio de incomodar ou de provocar a ira dos superiores fazia com que qualquer tentativa de solicitar uma carona ou transporte alternativo se tornasse um ato quase impossível, marcado pelo medo de represálias e pelo preconceito que os cercava. Quem, em ocasiões raras, arriscava uma gentileza concedida por um vizinho ou, milagrosamente, por um patrão mais benevolente, via nesse gesto não apenas um alívio momentâneo, mas a prova de que o sistema, por mais cruel que fosse, tinha brechas que permitiam vislumbres de compaixão.

A velha bicicleta, em sua simplicidade e robustez, era subtraída raramente para trajetos longos – a prioridade sempre recaía sobre seu uso no campo, onde os filhos também a utilizavam para ajudar nos afazeres sob a direção implacável dos patrões. E, mesmo assim, a decisão de se locomover a pé, mesmo que por mais de 28 quilômetros em uma só jornada (ida e volta), era a escolha preferida para preservar o que era, para aquela família, insubstituível. Afinal, cada passo dado nas estradas de terra era uma afirmação da dignidade e da fé, mesmo em meio ao cansaço que a longa caminhada impunha.

Enquanto o sol se elevava a cada novo dia oferecendo desafios renovados, Dona Eunice dirigia os esforços da família com um misto de pragmatismo e amor maternal. Ela distribuía as tarefas com uma precisão quase intuitiva e, mesmo sem dispor de uma formação erudita, sabia ler nos rostos de seus filhos e, com poucas palavras, conseguia incutir neles a disciplina e o senso de responsabilidade necessários para a sobrevivência. Cada decisão tomada era fruto de uma sabedoria ancestral que se transmutava através das gerações, em que a escassez – da educação, dos recursos e das oportunidades – era compensada por uma força interna capaz de transformar o sofrimento em aprendizado e de, mesmo na privação, construir um futuro em que o respeito e o amor se sobrepunham às dificuldades.

De forma quase poética, o cotidiano de Dona Eunice e Dom Lauriano se revelava nas pequenas coisas: no tilintar dos utensílios de cozinha improvisados, no som dos passos ritmados de uma família que caminhava junta pelas estradas empoeiradas e no silêncio cúmplice que se fazia presente durante as longas esperas pela autorização dos patrões. Em meio a tudo isso, a imaginação de Ângela fervilhava com sonhos que ousavam transcender o conhecido e o desconhecido, enquanto o temor das incertezas urbanas permanecia como um enigma não resolvido, uma promessa que ainda não se materializava.

> *"Quando o trabalho pesa e o cansaço domina, o que nos sustenta é o amor que oferecemos uns aos outros e a esperança de que um dia, de algum modo, poderemos olhar para além deste campo,"* murmurava Dom Lauriano, suas palavras

carregadas de uma resignação que, paradoxalmente, se mesclava com uma fé inabalável no poder da família.

Dona Eunice, por sua vez, repetia a cada palavra orientadora que distribuía entre os filhos que a importância de manter o orgulho – não o orgulho vulgar, mas aquele que nasce da luta diária e do esforço incessante – era a base de uma existência que se recusava a se render às adversidades. E foi essa mesma postura que, por vezes, fazia com que os filhos, mesmo na dor das perdas e na dureza dos trajetos, encontrassem forças para sorrir e para sonhar, mesmo que os sonhos se mantivessem como sussurros distantes diante da realidade cortante.

As condições de vida, embebidas em desafios como a necessidade de percorrer longos quilômetros para realizar tarefas simples – como ir ao comércio ou buscar medicamentos – reforçavam o caráter resiliente daquele lar. Cada caminhada a pé, cada quilômetro percorrido sob o sol impiedoso era um lembrete de que, embora a cidade representasse um misto de oportunidades e perigos, o presente campo era onde se forjava a verdadeira identidade, onde cada cicatriz no rosto e no corpo contava uma história de superação.

Ainda que os patrões permaneçam distantes e as regras impostas pareçam intransponíveis, a família de Dom Lauriano e Dona Eunice encontrava, na união e na solidariedade, a força para persistir. A velha bicicleta, que servira de companheira de tantas jornadas, era um símbolo inequívoco dessa determinação. Ela não apenas possibilitava a locomoção – quando não era mantida para os trabalhos do campo – mas também representava a esperança de dias melhores, de que um dia a mobilidade e o acesso a bens essenciais pudessem ser uma realidade palpável, mesmo para os mais humildes.

A história de Dona Eunice é, assim, contada entre as dobras do tempo e das estradas de terra batida. Uma história onde a matriarca enfrenta, com dignidade e resiliência, todas as adversidades, entendendo que a beleza real reside na luta cotidiana e não em estéticas superficiais. Para ela, cada arranhão no rosto, cada cansaço no corpo e cada quilômetro percorrido eram medalhas invisíveis de uma honrosa batalha travada em nome da família.

Com o cair da noite, quando o céu se tingia de tons profundos e melancólicos, Dona Eunice e Dom Lauriano frequentemente se reuniam com os filhos para um breve momento de repouso e reflexão. Era nessas horas que os ensinamentos das gerações se faziam ouvir em silêncio: o valor da perseverança, da honestidade e da capacidade de amar, mesmo quando a vida lançava seus mais duros desafios.

> *"A verdadeira riqueza não está nas posses, mas no coração que se recusa a se abandonar à desesperança,"* dizia Dona Eunice, com a voz embargada pela emoção, enquanto os olhos dos que a ouviam se enchiam de uma compreensão silenciosa e profunda.

Toda essa realidade – repleta de perdas, lutas, quilômetros percorridos a pé e a constante esperança de um novo amanhecer – definia o universo em que Ângela e seus irmãos cresciam. Entre os relatos sussurrados de uma cidade que prometia, mas também ameaçava, e os gestos firmes dos pais, a jovem já aprendia, desde seus primeiros passos, que a vida era feita de escolhas complicadas e de desafios urgentes. O desejo de atravessar os limites do campo para, talvez, um dia buscar algo melhor na cidade, permanecia como uma chama que ardia devagar, cuidadosamente alimentada pelos ensinamentos e pelas experiências do lar.

Assim, enquanto Dona Eunice continuava a ser o pilar central daquela família – a gestora responsável por dividir o pouco que tinham, por orquestrar os afazeres diários com sabedoria adquirida através do suor e da adversidade – os filhos absorviam cada lição com a sensibilidade que só o convívio com o sofrimento e o amor pode proporcionar. Para eles, a cidade grande continuava a ser um mundo distante, um universo de incertezas onde os mesmos dilemas e conflitos repousavam em novas formas; mas, por ora, o que tínhamos era o aconchego agridoce de uma realidade forjada na luta contínua por dignidade.

Capítulo IV – Caminhos de Memória e de Esperança

E lá ia ele, Dom Lauriano, com seu velho chapéu de palha amarelo repousando sobre a cabeça, que já não servia apenas como proteção, mas como um relicário das muitas manhãs quentes e das tardes de lutas. Vestia uma camiseta cinza de manga curta, manchada e surrada pelo tempo, sobre a qual se apoiava uma camisa branca de manga longa, também marcada pelo desgaste dos dias intensos no campo. A calça social preta, que em certos momentos parecia assumir a tonalidade de um cinza melancólico, traduziam uma tentativa quase solene de preservar alguma dignidade num mundo que tantas vezes os forçara a ceder ao peso do sofrer. Seus sapatos – companheiros fiéis de tantos caminhos e jornadas – já haviam trilhado estradas de terra batida e de poeira, cada arranhão uma história, cada desgaste uma lição.

Ao seu lado, com o lenço florido azul e branco firmemente amarrado na cabeça, estava Dona Eunice. Esse lenço, presente de sua avó Dona Izabel, que aos quase 78 anos transmitira não apenas um objeto, mas toda uma herança de amor, esperança e resiliência, protegia-a do forte sol que castigava a moleira. Às vezes, o calor a deixava tonta, mas ela seguia com a postura de quem carregava consigo o legado de gerações, sabendo que cada fio de tecido ali entrelaçado carregava memórias de dias melhores – e, ao mesmo tempo, as lições duras de um tempo que não poupava ninguém.

Enquanto caminhavam pela estrada de terra que os levaria à cidade para resolver as pendências, o ambiente parecia conspirar com as recordações. Cada passo era, para Dom Lauriano e Dona Eunice, uma viagem ao passado e um exercício de resistência. A paisagem, com o horizonte aberto e as sombras projetadas pelo sol da manhã, fazia com que pensamentos e sentimentos se mesclassem, criando um cenário onde o presente se iluminava com as vozes de antigos amores e dores silenciosas.

Em um recanto da memória, Dona Eunice lembrou-se de uma tarde de infância, quando ainda era menina, sentada aos pés de sua mãe, Dona Glória, que infelizmente partira cedo. >

"Minha filha, a vida é um campo vasto e imprevisível – cultive o que te fortalece e não se agarre ao que te pesa." Essas palavras ressoavam como um cântico antigo, um ensinamento que, embora simples, carregava a profundidade de uma sabedoria adquirida a duras penas. Dona Glória, que teve sete filhos, enfrentou perdas impensáveis – quatro de seus filhos morreram ainda jovens, tragados pela dura realidade do campo. Essa memória, misturada com o perfume antigo do lenço agora amarrado à cabeça de Eunice, evocava a imagem de Dona Izabel, a avó, que, com seus quase 78 anos, havia sido um exemplo de luta e resistência, mesmo tendo perdido na lavoura parte dos seus filhos e de tantos outros que jamais tiveram a sorte de ver a luz de um novo dia.

Dona Izabel, com sua voz suave, mas repleta de autoridade, contava histórias de como a família enfrentava as intempéries da vida, onde cada nascimento vinha embalado de luto, e cada conquista se mesclava à dor das perdas. > *"Filha, o tempo é implacável, mas quem aprende a domar o destino, transforma a dor em força."* Essas palavras ecoavam para Dona Eunice como uma prece, e a fez sentir, mesmo na fragilidade de sua saúde debilitada, que havia a capacidade de seguir adiante, carregando o fardo e ao mesmo tempo a doçura de um legado familiar que transcende o tempo.

Dom Lauriano via naquele trajeto à cidade não apenas uma simples deslocação, mas o reencontro com partes de si que se perdiam na labuta diária. Em seus pensamentos, as imagens de uma juventude marcada pelo esforço constante se sobrepunham ao cenário atual. Em uma dessas lembranças, ele se recordava de um dia em que, ainda jovem, caminhava pelado de suor, tentando conquistar um espaço em um campo que parecia implacável. > *"Se a terra não for generosa, que o coração seja mais forte,"* murmurava para si mesmo enquanto apertava os punhos, relembrando o dia em que uma epifania silenciosa o havia feito entender que a luta – por mais cruel que fosse – também era construtora de um novo ser.

A memória de perder amigos e familiares para as injustiças do labor e dos riscos da lavoura — aqueles que, como ele, foram expostos diariamente a produtos agrotóxicos e enfermidades não tratadas — era tão vívida quanto a sombra do próprio corpo. Dom Lauriano sabia que os seus 49 anos, que já aparentavam ser muito mais, continham em cada dobra um relato de sacrifício. Lembrava-se de conversas longas, à luz de lamparinas apagadas, em que ele e alguns amigos discutiam sobre o destino. > *"O tempo vai nos cobrar, mas se lutarmos com nosso caráter, deixaremos marcas que nem a morte apagará,"* dizia um companheiro, e essas palavras ressoavam dentro dele como um lembrete feroz de que, apesar de tudo, a dignidade e o amor pela vida eram as maiores armas contra as agruras do destino.

Para Dom Lauriano, o trajeto à cidade era também um momento de pausa, um instante em que as adversidades do campo se transformavam em simples histórias narradas com olhos cansados, mas repletos de uma esperança inquebrantável. Na cidade, ali, os pastéis e o caldo de cana do Seu Zé assumiam um significado quase poético; eram símbolos de um breve respiro, uma fuga momentânea da realidade opressiva.

Capítulo V. A Feirinha como Refúgio e Teatro de Sonhos

Nesse lugar mágico para o casal, Dona Eunice tira devagar o seu lenço florido e envelhecido, de tons azul e branco, que repousava sobre sua cabeça, como se guardasse em seus nós os segredos e as bênçãos de gerações passadas. Com gestos suaves, ela ajeita os laços, desfaz os nós que o tempo insistira em embaraçar, e, com delicadeza quase ritualística, alinha seus cabelos castanhos, agora bem embranquecidos e ralos, permitindo que alguns fiapos se soltem como testemunho da passagem dos anos e dos muitos desafios enfrentados. Ao terminar, ela repousa novamente o velho e florido lenço sobre a cabeça, agora novamente reajustado, como se, de alguma forma, esse simples acessório a protegesse do escaldante sol e lhe conferisse serenidade.

Com um sorriso que traz a pureza de uma menina muito feliz, ela para pôr um instante e olha para Dom Lauriano. Seus olhos encontram os dele com uma intensidade repleta de ternura e, num gesto espontâneo, ela eleva os olhos para o céu e se benze, beija as próprias mãos com um aceno de gratidão e se dirige aos presentes com um gesto acolhedor. Cada sorriso, cada lágrima que lhe ameaça escorrer, carrega em si a sabedoria de uma vida repleta de perdas e vitórias – pequenas celebrações de uma existência humilde, mas repleta de significado. Essa cativante manifestação de emoção transforma-a, naquele instante, numa figura quase etérea, onde a dor e a beleza se fundem num quadro comovente e onde o tempo parece se alongar em uma doce melodia de recordações.

Dona Eunice, quando vai à cidade, preza por exibir suas melhores versões. Ela se prepara com o cuidado de quem sabe que cada peça de roupa carrega não apenas o seu passado, mas também o legado de sua família. Ela veste sua antiga sandália de couro, que já percorreu inúmeras estradas de terra e guardou os passos de tantas jornadas, e escolhe seu vestido vinho – presente de sua própria mãe, que um dia, ainda viva em suas memórias, a amara com todo o amor que tinha. Esse vestido, já bastante remendado e surrado pelo tempo e pelas labutas da vida, é quase um espelho da própria história de Dona Eunice: marcado, mas cheio de cores e de vivacidade. Em momentos em que Ângela, com a ternura e a rebeldia de seus olhos curiosos, sugeria algum outro traje, ela ouvia com atenção os conselhos de sua filha e, com alegria, adaptava-se, sabendo que até mesmo na mudança de roupas ela levava consigo parte de ambas, como se estivesse, de forma simbólica, levando também o amor e o cuidado de todas àquelas que as antecederam.

Dom Lauriano, por sua vez, valorizava os poucos objetos que, de alguma forma, representavam momentos de sua juventude. Ele, que se vestia com o mesmo cuidado sentimental, usava o velho sapato que ganhou de seu sogro no dia em que se casou – um objeto que ostentava histórias de caminhos percorridos e de dores remediadas com o conforto de uma lembrança. Sua remendada camisa branca de manga longa, já amarelada pelo tempo, a calça social preta – que os dias transformavam num tom cinza melancólico –, e o cinto improvisado, formavam o conjunto que sabido e orgulhosamente carregava consigo as marcas de um homem que, apesar da fragilidade física, nunca deixava de se dignificar. Antes de partirem para a cidade, no simples compasso dos preparativos, Dom Lauriano sempre se certificava de perguntar, com um tom de preocupação velada, para sua amada, se ele estava bem. E Dona Eunice, com seu sorriso radiante, respondia sem hesitar:

> **Dona Eunice:** > *"Você está muito bonito, Lauriano!"*

Imediatamente, o rosto de Dom Lauriano se iluminava com um misto de orgulho, ternura e uma pontada de emoção incontrolável; ele, por sua vez, não se conteve e replicava de forma igualmente afetiva:

> **Dom Lauriano:** > *"Tu estás linda, como sempre, minha amada, minha flor."*

Essas palavras eram acompanhadas de lágrimas que ameaçavam brotar dos olhos já cansados de Dona Eunice, e num gesto silencioso, ambos trocavam olhares que traduziam uma cumplicidade quase inefável – a cumplicidade de dois corações que aprenderam, com o tempo, que a verdadeira beleza reside justamente na capacidade de amar, mesmo quando o corpo já se mostra fragilizado e marcado pelos atropelos do destino.

Em meio a essa doce troca, Dom Lauriano, ao vislumbrar a emoção estampada no semblante de Dona Eunice, deixava que uma onda de memórias assolasse seu espírito. Em um rápido e quase inaudível murmúrio, ele recordava da época em que uma perna quebrada e um problema cardíaco, dos quais poucos sabiam a gravidade, se tornavam fardos que ele tentava, discretamente, esconder. Em seu íntimo, a pergunta insistia, ecoando com o peso de anos de sofrimento:

> **Dom Lauriano (sussurrando para o vazio):** >
"O que vou fazer? O que será deles? Como ficarão sem nós...?"

Essa pergunta pairava no ar sem uma resposta imediata, refletindo o temor de um homem que, mesmo em seus momentos de maior leveza, não conseguia dissociar a alegria dos momentos de refúgio da constante ansiedade do futuro incerto de seus filhos.

Com o coração cheio de sentimentos, a feira e a barraca do Seu Zé se transformavam num cenário de magia temporária. A cada passo, Dom Lauriano dobra e desdobra as mangas de sua camisa, ajeitando-a com cuidado, enquanto seu cinto improvisado ganha novos nós, tentando conter a calça social que, com o passar dos anos, tornou-se larga e solta em seu corpo franzino. Ele recoloca com delicadeza o velho chapéu de palha, mesmo com poucos e brancos cabelos já quase escassos, como se cada ajuste fosse uma pequena decisão de resistência perante o inescapável desgaste.

Enquanto caminhavam pela feira, as marcas do sofrimento e da luta se exibiam nas feições de ambos – nas rugas da testa, nos sulcos de dor que se escondiam sob os sorrisos e nas marcas que o tempo não conseguiu apagar. Mas, superando todas as dificuldades, eles se entregavam de corpo e alma à conversa, à leveza das prosas com os amigos que encontravam pelo caminho, e à alegria singular de saborear um pastel crocante acompanhado de um genuíno caldo de cana, geladinho, que deixava escapar pequenas gotas de frescor pela lateral do copo.

Em um instante de pura intimidade, enquanto Dona Eunice, num gesto delicado e emocionado, tocava as mãos de Dom Lauriano, ela sussurrava, com a voz embargada pela emoção:

> **Dona Eunice:** > *"Eu te amo..."*

Essas palavras, simples e ao mesmo tempo carregadas de uma carga que apenas os que conhecem a dor e a paixão genuína são capazes de expressar, eram como bálsamo para ambos. Imediatamente, as lágrimas de Dona Eunice se misturavam às de Dom Lauriano, e num gesto de ternura, eles se entreolhavam, permitindo que o amor que os unia se revelasse sem pudores.

Dom Lauriano, tentando dominar a timidez que se fazia presente, puxava com certa hesitação um cigarro, retirado discretamente do bolso de sua calça. Com um leve sorriso de um menino apaixonado, ele passava as mãos pelo próprio rosto, como se buscasse um refúgio naquela pose que, embora momentânea, era repleta de inocência e afeto. Ao levantar o cigarro à boca, sua expressão mudou e, de forma espontânea, Dona Eunice repreendia-o com um tom misto de afeto e leve irritação.

> **Dona Eunice (brincando, mas com carinho):** > *"Lauriano, não vá fumar agora! Deixe-me te ver com os olhos brilhando, não esfumando-se no ar..."*

Sem que precisassem de mais palavras, eles se tocavam de mãos dadas, e as lágrimas se acomodavam em um silencioso e compartilhado pranto, como se cada gota contivesse a história de uma vida inteira, repleta de lutas, perdas e, sobretudo, de um amor incomensurável.

Enquanto esses diálogos silenciosos e comedidos na intimidade do casal aconteciam, os filhos – Abelardo e Antônio – estavam repartidos entre os afazeres da propriedade e as raras ocasiões em que acompanhavam os pais à cidade. Abelardo, sendo o primogênito e já acostumado com as idas solitárias ao centro, gozava de uma autonomia que os demais não possuíam. Ângela, sempre ávida por vivenciar a experiência de estar em um lugar diferente, sentia um turbilhão de emoções ao acompanhar os pais em quase todas às idas a cidadezinha. Antônio, o caçula, com sua natureza introspectiva e a sombra de uma saúde fragilizada, quando ia a cidade e a feira com seus pais, preferia comprar pastéis para saboreá-los sozinho, resguardando sua sensibilidade dos rigores da socialização. Raras eram às vezes, em que Antônia se dispunha a acompanhar os pais nessa doce senda da felicidade e dos sonhos, na feirinha da cidade próxima.

Havia, nas entrelinhas desse cotidiano, uma delicada tensão entre Abelardo e Antônio. Abelardo, cauteloso e, por vezes, excessivamente prudente em sua conduta, já chamara Antônio de fardo num passado esquecido, um episódio que, como uma semente amarga, germinava em ressentimento e mágoa no coração do caçula. Antônio nutria um rancor silencioso que, embora amenizado pela bondade natural que sempre o caracterizara, transparecia em gestos e palavras vagas, deixando claro que o silêncio não era suficiente para acalmar suas feridas.

Na velha feira, onde Seu Zé, o feirante atencioso e divertido, atendia com um sorriso acolhedor, Dom Lauriano e Dona Eunice encontravam a magia de um breve encantamento. Ali, o tempo parecia desacelerar. O aroma dos pastéis de carne e de frango, misturado ao doce perfume do caldo de cana geladinho, criava uma atmosfera quase onírica. > *"Veja, Eunice, cada pastel que degusto me lembra que, por um breve instante, posso esquecer o cansaço,"* dizia Dom Lauriano, com um sorriso que iluminava o semblante cansado, quase como se ele realmente se sentisse livre.

Dona Eunice, por sua vez, se entregava ao instante com uma alegria genuína. Ao segurar o pastel de queijo favorito, ela exibia um sorriso tímido que esculpia a imagem de uma criança que, mesmo após tantas dificuldades, encontrava motivos para se encantar. Seus olhos brilhavam como faróis acesos na escuridão, como se cada gota de suor e cada cicatriz contivessem o poder de transformar a dor em recordação doce. > *"Ô, minha filha, observe Ângela: e veja como a simplicidade nos permite saborear o que há de melhor na vida. Mesmo que o mundo insista em nos tratar com crueldade, hoje somos livres, somos felizes,"* dizia ela com uma voz carregada de emoção e de uma sabedoria herdada dos tempos ancestrais.

Enquanto Dom Lauriano e Dona Eunice se deleitavam na companhia dos amigos da feira – onde as risadas, os cumprimentos e as conversas se misturavam ao aroma do pastel e ao doce frescor do caldo de cana – a atmosfera se enchia de contraste: a leveza do momento contrastava com as dores e os desafios que sombras do passado e do presente incluíam.

Nessa feira, entre risos e prosas, os dois pareciam se transformar em passarinhos, alados, livres do peso do cotidiano. Cada pastel, cada gole do caldo, fazia-os reviver momentos de outrora — de dias em que as preocupações eram tão simples quanto a escolha entre o pastel de frango ou de carne. O ambiente se enchia de histórias: histórias dos patrões, que de tão distantes eram como figuras de outrem, e das carências que marcavam a vida dos trabalhadores. Nesse interlúdio, os sons da cidade se misturavam com o murmúrio das recordações, criando uma sinfonia que ecoava tanto no presente quanto no passado.

Enquanto esperavam na barraca de Seu Zé, Dona Eunice se deixava levar por uma correnteza de memórias. Em seu íntimo, ela revivia a voz delicada, porém firme, de sua mãe, Dona Glória. > *"Filha, não fique esperando o destino moldar sua vida como se fosse inerte. Levante-se, lute e faça do tempo seu aliado,"* ecoava a lembrança, fazendo com que suas mãos trêmulas apertassem o lenço florido com mais força. Lembrou-se também de uma noite fria, quando os ventos traziam o cheiro das lavouras e o som distante dos gritos da própria terra. Nessa noite, junto de Dona Izabel, a avó que lhe ensinara a arte de resistir, ela aprendeu que o destino tinha quatro irmãos: paciência, livre arbítrio, decisões e atitudes. > *"Minha pequena, não fique sentada esperando que o destino venha te buscar. Quando o teu destino se aproximar, agarre-o com unhas e dentes como se montasse num cavalo brabo – e então vá domá-lo e seguir adiante,"* dizia Dona Izabel, com uma convicção tão impressa na voz que parecia moldar o próprio ar ao redor.

Essas palavras, simples e tão profundas, eram o farol que guiava não apenas Dona Eunice, mas também sua filha Ângela, que as ouvia com um misto de incredulidade e reverência. Mesmo cética perante a ideia de destino, Ângela compreendia, nas entrelinhas, que tais ensinamentos continham a essência da resiliência: a vida se fazia com as escolhas de cada dia, com cada gesto de luta contra a incerteza.

Enquanto isso, Dom Lauriano, com o olhar perdido no movimento frenético da feira, rememorava os longos dias de sua juventude – dias em que o campo o forjara com dor e trabalho, mas também com a esperança de um futuro em que ele não seria apenas um executante do destino, mas o autor dele. Em um desses flashbacks, ele recordou o som da enxada cortando a terra, o cheiro da chuva que se aproximava e os rostos suados dos companheiros, todos unidos pela mesma sina. > *"Nós éramos guerreiros do sol, lutando contra a aspereza do destino com cada gota de suor,"* murmurava para si mesmo, deixando que o eco daquela época se misturasse com o som ambiente da feira.

Em meio a todo esse cenário, Dona Eunice rememorava, como num flashback que a invadia como um abraço caloroso em dias frios, os ensinamentos que recebeu de sua mãe, Dona Glória. Em sua memória, a voz materna ecoava:

> *"Minha filha, a vida é como um lenço que se refaz a cada amarração. Nunca te esqueças que, mesmo quando os fios estiverem desgastados, a essência permanece – e o amor é o laço que os une."*

Essa lembrança reforçava cada gesto, cada sorriso que ela oferecia na cidade. Ao vestir seu lenço, ela sentia que levava consigo o espírito de sua mãe e da avó, Dona Izabel, que a ensinara que o destino tem quatro irmãos – paciência, livre arbítrio, decisões e atitudes –, e que o tempo, por mais cruel que pareça, é amiga dos olhos que sabem ver o que realmente importa.

Dom Lauriano, enquanto ajustava seu velho sapato e seu chapéu, também se via transportado de volta às memórias da juventude. Recordava um tempo em que, mesmo com o peso esmagador de uma perna quebrada e um coração que batia de forma irregular, ele jazia com a esperança acesa, enquanto as palavras de um amigo – um companheiro de lutas – o consolavam:

> *"Filho, o suor e a dor são as marcas dos guerreiros; cada cicatriz é um troféu da vida vencida, e cada dia é uma nova chance para reescrever nosso destino."*

Essa lembrança trazia um brilho singular aos seus olhos, mesmo que momentaneamente, e ele apertava o olhar em direção à sua amada, como se, por meio daquele gesto, transferisse toda a força que ainda possuía para continuar lutando.

No ambiente vibrante da feira, o refúgio do casal se transformava num cenário quase teatral, onde cada detalhe – desde o aroma irresistível dos salgados até a suavidade da brisa que acariciava os rostos – contribuía para uma sensação de liberdade efêmera. A barraca do Seu Zé, que sempre lhes oferecia pastéis generosos e um caldo de cana com aquelas gotas geladas que deslizavam pelo copo, era o palco de suas pequenas celebrações, onde a rotina do campo se dissipava por alguns momentos e a felicidade se manifestava em risos espontâneos e em diálogos carregados de ternura.

Em um instante de intimidade que parecia eternizar o tempo, Dom Lauriano e Dona Eunice se encontravam lado a lado, e a brisa suave, carregada de aromas e sons característicos do local, parecia sussurrar segredos antigos. O olhar de Dom Lauriano, repleto de preocupação e afeto, pensava nas incertezas do futuro:

> **Dom Lauriano (com voz trêmula, mas sincera):** > *"O que faremos amanhã, Eunice? Como apoiar nossos filhos, como enfrentar esse destino que nos cobra com tanta ferocidade?"*

Dona Eunice, com os olhos marejados e com a força de quem já viveu incontáveis amanheceres de lutas, aproximou-se dele, tocando suavemente sua mão enrugada, e respondeu:

> **Dona Eunice:** > *"Meu amado, o destino se escreve com os gestos que escolhemos hoje. Venha, vamos celebrar este momento e deixar que as respostas venham com a aurora. O nosso refúgio é aqui, e enquanto caminharmos juntos, encontraremos forças para transformar o que parece imutável."*

Essas palavras ecoavam em cada fibra dos seus corpos cansados, e por um breve instante, a insegurança dava lugar a um sentimento de comunhão e de esperança irrestrita. Mesmo com os problemas de saúde que ambos guardavam em segredo – Dom Lauriano com sua perna quebrada e seu coração delicado, e Dona Eunice com as marcas do tempo e das batalhas diárias – naquele cenário, as dores se transmutavam em uma promessa silenciosa de que a vida, apesar das cicatrizes, era feita de momentos que valiam a pena ser vividos.

Enquanto o casal prosseguia, os olhares compartilhados e os gestos de carinho revelavam uma intimidade que não precisava de palavras para se expressar. Dom Lauriano, num gesto que misturava timidez e paixão, retirava novamente um cigarro escondido do bolso da sua calça, num hábito que, embora conhecido, ainda provocava um leve desagrado em Dona Eunice. Com um sorriso maroto e uma pose de juventude redescoberta, ele levava o cigarro aos lábios – o que imediatamente arrancava uma nova risada e uma nova reprimenda carinhosa de Dona Eunice:

> **Dona Eunice (com um olhar leve e nova irritação e carinho):** > *"Lauriano, por favor, não me faça ver a*

fumaça onde deveria florescer o teu olhar! Cuide-se, meu amor, cuide-se amor."

Apesar da repreensão, os gestos continuavam: as mãos se tocavam, os olhos se encontravam e ambos se permitiam chorar juntos, deixando que a emoção os transbordasse como lágrimas silenciosas que contam uma história de amor, resiliência e laços eternos. Poucos compreendiam esses momentos mágicos e únicos dos dois naquele lugar dos sonhos.

No fundo do coração do casal, mesmo nesses momentos, as preocupações e lembranças dos filhos sempre se faziam presentes, mesmo eles estando presentes ou não – Abelardo, que embora cauteloso e, por vezes, medroso nas idas solitárias à cidade, procurava preservar o orgulho de ser o mais velho; Ângela, que, com seu espírito livre e inquieto, encantava a todos com sua curiosidade e vontade de explorar cada recanto da cidade; e Antônio, o caçula, que nutria um silêncio carregado de mágoa e ressentimento, fruto de antigos desentendimentos, mas que, em sua essência, ainda era um bom filho e um ser sensível, cuja singularidade o fazia caminhar por seu próprio e solitário trajeto.

Esses contrastes e as diversas histórias se entrelaçavam enquanto Dom Lauriano e Dona Eunice caminhavam juntos pelo refúgio que a feira representava para eles. Para o casal, aquele instante era como um breve interlúdio de paz, um momento em que o fardo da rotina e as incertezas do futuro se diluíam naquele ambiente onde o calor humano dos amigos, as risadas e as conversas se transformavam num verdadeiro bálsamo para a alma.

A cada pastel consumido, a cada gole refrescante de caldo de cana, os olhos de Dona Eunice brilhavam com uma luz que, mesmo em meio às marcas do tempo, refletia a ternura e a emoção de uma vida vivida com intensidade. Ela, com suas mãos trêmulas, arrumava pequenos detalhes que a faziam lembrar de sua infância no campo, dos dias em que corria descalça pelos terrenos e sentia, na liberdade dos momentos simples, a promessa de um futuro em que os sonhos poderiam, um dia, se realizar.

Em meio àquela atmosfera carregada de sentido, a conversa se voltava também para o futuro e para os desafios que a família ainda enfrentaria. Embora o refúgio da feira proporcionasse momentos de leveza, os pensamentos sobre os afazeres na propriedade e sobre as responsabilidades com os patrões nunca estavam muito distantes.

> **Dom Lauriano (num murmúrio que mesclava preocupação e resignação):** > *"Veja, Eunice, nossos filhos têm seus caminhos. Abelardo segue com cautela, Ângela percorre o mundo com o olhar de quem quer entender tudo, e Antônio guarda consigo dores que não se dissipam facilmente. Nosso refúgio nos lembra que, por um instante, podemos ser apenas nós dois, mas o amanhã sempre nos chama de volta."*

Dona Eunice, apertando suavemente a mão dele, respondia com uma convicção serena:

> **Dona Eunice:** > *"Meu Lauriano, os caminhos dos nossos filhos ainda estão em formação. Basta que encontremos, a cada dia, um motivo para continuarmos, para acreditar que o amor e o trabalho que nos sustentam hoje se transformarão num*

futuro mais justo, mesmo que devagar... mesmo que imperfeito. Eu amo muito você."

Os olhos de ambos brilhavam e as suas lágrimas escorriam pelos cantos dos olhos. E Dom Lauriano, como um menino que realizara um sonho impossível, abaixava a cabeça e esfregava as lágrimas dos olhos tentando esconder tantas dores ocultas e amores e paixões por Dona Eunice não expressos, não ditos e talvez não feitos.

Essas trocas de palavras, repletas de amor e de uma tristeza velada, fazia com que o tempo, por instantes, se tornasse dilatado, e cada segundo se transformasse em poesia. A feira do Seu Zé era agora muito mais do que apenas um lugar para comer pastéis e beber caldo de cana – era um verdadeiro palco onde se encenavam as histórias de uma família, repleta de lembranças, de perdões e de laços imortais.

Nesse cenário, enquanto os demais membros da família lidavam com seus próprios dilemas e desafios – Abelardo conciliando sua autonomia com a responsabilidade, Ângela absorvendo cada ensinamento com sede de liberdade e Antônio lutando contra o ressentimento e a solidão – o refúgio do casal permanecia como um santuário de afeto, onde o tempo parecia suspenso e as feridas do passado eram suavemente tratadas pelo poder transformador do amor.

Dom Lauriano e Dona Eunice, já acostumados às provações diárias de uma existência marcada por infortúnios, encontravam nessas horas o que lhes permitia caminhar de cabeça erguida de volta para o lar. A velha bicicleta, aguardando silenciosa no canto da porta, simbolizava essa conexão entre o refúgio temporário da cidade e as longas estradas de terra que os levavam de volta ao campo, onde o trabalho, o sofrimento e a esperança se mesclavam em um mesmo compasso.

Diálogos que Tocam a Alma

Sentados juntos, Dom Lauriano e Dona Eunice trocavam olhares que diziam mais que mil palavras. Em um desses momentos de íntima cumplicidade, quando o sol já começava a se pôr, iluminando a feira com uma luz dourada e temporária, eles se dirigiram a um ao outro com a ternura dos antigos amantes que, ao reencontrarem momentos de leveza, se transformavam em crianças que brincavam na rua. > **Dom Lauriano:** > *"Eunice, lembra-te: cada pastel que provamos hoje é uma pequena vitória contra os dias cinzentos do campo. Talvez não possamos mudar o destino, mas podemos transformá-lo em algo mais doce, mesmo que por instantes."* > > **Dona Eunice:** > *"Ah, Lauriano, se o destino tivesse a generosidade de nos dar mais momentos assim, o peso da vida se tornaria mais leve. Nossos passos, mesmo cansados, parecem dançar quando pensamos que, por um breve instante, somos livres – como passarinhos que voam longe da jaula da rotina."* > > **Dom Lauriano (rindo suavemente):** > *"Dois passarinhos, de fato. Quem diria que, depois de tantos anos de labuta, ainda guardaríamos a capacidade de nos sentir tão leves com um simples pastel e um gole de caldo de cana geladinho?"*

Essas palavras, entremeadas por risos e silêncios carregados de significado, pareciam selar um pacto invisível entre eles – um pacto de continuidade, de luta e, acima de tudo, de amor inabalável que transcende as dores da existência.

Ao observar sua amada mãe Dona Eunice, Ângela, que agora acompanhava discretamente cada movimento com um olhar atento e ansioso, via refletido em seus olhos não só o presente, mas toda uma cadeia de gerações marcadas pela resistência. Em suas conversas com a mãe, Ângela sempre escutava com clareza a mensagem: que o tempo e o destino eram entrelaçados no fazer humano, e que cada escolha, por menor que parecesse, tinha a capacidade de mudar o curso dos acontecimentos. > *"Mãe, às vezes me pergunto se algum dia conseguiremos quebrar esse ciclo,"* comentou Ângela, com a voz embargada pela incerteza que a fazia questionar a própria existência. > > **Dona Eunice (com um sorriso sereno):** > *"Minha filha, o destino pode ter seus caminhos tortuosos, mas é a nossa atitude que define o rumo. Lembre-se: o tempo não espera ninguém e, se ficarmos parados, o que nos restará? Só as memórias, que são doces, mas não saciam a fome dos dias que virão."*

Esses diálogos tocavam a alma de Ângela, que, mesmo não acreditando em forças misteriosas, compreendia que a ação própria era o que mantinha viva a chama da transformação. As palavras de sua mãe ressoavam não como um destino selado, mas como um convite à ação, um aceno para que não se acomodasse diante das adversidades herdadas.

O Ambiente e a Dança das Emoções

Naquele cenário de uma pequena cidade próximo ao campo, ainda que distante do campo que os criara, o ambiente da feira era um microcosmo onde se dialogavam com o passado e o presente. A brisa suave misturava o cheiro dos quitutes com o calor das conversas e a melancolia do tempo que passa. O tilintar dos copos e o murmúrio dos demais feirantes criavam uma sinfonia que, por um breve instante, fazia com que a dor das jornadas se transformasse em uma dança suave de esperança.

Enquanto a tarde avançava, Dom Lauriano observava, com olhos que já haviam visto tantas dores, a alegria sutil que preenchia o rosto de sua amada. O tempero nos olhos dela, quando se deparava com um pastel saboroso ou o frescor do caldo, era um lembrete visceral de que, mesmo nas condições mais adversas, o ser humano possui a capacidade de se encontrar na simplicidade dos momentos bons. > *"Veja, Eunice, cada risada que dou é uma derrota para a tristeza que insistia em me acompanhar. Hoje, aqui, sinto gostoso ser mais do que um homem marcado pelo tempo,"* confidenciava ele, enquanto lhes atingia o coração a certeza de que a vida – por mais dura que fosse – ainda oferecia pequenos milagres diários. E dizia: *"Eunice, você é meu amor."* Ela timidamente ficava avermelhada e muito feliz, o respondia: *"Lauriano, eu te amo tanto, tano, que você nem imagina..."*

A atmosfera estava impregnada de memórias. Em cada canto da feira, entre as conversas descontraídas e os breves momentos de silêncio, surgiam flashbacks de um tempo em que o campo e a cidade se encontravam de maneira sutil. Dona Eunice recordava os momentos em que caminhava de mãos dadas com sua mãe, sentindo o perfume do lenço que agora usava; Dom Lauriano revivia a intensidade de suas primeiras lutas, os dias em que o esforço era a única certeza para seguir adiante. Essas lembranças, como sombras suaves, entrelaçavam-se com o presente, criando uma tapeçaria emocional que ressoava com cada batida do coração.

Enquanto o sol começava a declinar, pintando o céu com tons de laranja e púrpura que se fundiam à melancolia do dia que se findava, Dom Lauriano, com os olhos fixos no horizonte, murmurava:

> **Dom Lauriano (com um suspiro profundo):** > *"Vamos, Eunice, vamos dar uma volta mais uma vez em nosso refúgio, para que possamos, mesmo que por instantes, esquecer que o peso do mundo é tão grande."*

E Dona Eunice, ainda com os olhos brilhando de emoção, sorria e acenava, confirmando que cada passeio à cidade era uma pequena revolução – um ato de coragem, uma afirmação de que mesmo quando o destino pesa sobre os ombros, é possível encontrar na simplicidade dos encontros e dos gestos de amor o suficiente para reescrever, mesmo que por um breve tempo, a própria história.

Enquanto o casal se afastava lentamente da barraca do Seu Zé, entre aplausos silenciosos dos amigos e os olhares cúmplices dos conhecidos, a atmosfera continuava a pulsar com a energia dos encontros e com a promessa de que, amanhã, novas lutas e novas esperanças se renovariam. E assim, com os corações entrelaçados pela dor e pela doçura dos momentos compartilhados, Dom Lauriano e Dona Eunice continuavam sua jornada – sabendo que os passos dados juntos, mesmo marcados pelas dificuldades, eram prova de que o amor verdadeiro é capaz de resistir a qualquer tempestade.

Ao se despedirem da barraca de Seu Zé, os dois continuavam a caminhar lentamente, lado a lado, enquanto a luz dourada do entardecer se espalhava pelo céu e pintava um arrebol de cores quentes em seus rostos. > **Dona Eunice (com voz trêmula, mas decidida):** > *"Olhe, Lauriano, a vida é feita desses instantes de luz, mesmo quando tudo parece obscurecido pelas dificuldades. Hoje, como sempre, a cidade nos acolheu como visitantes, mas o campo, aquele que moldou nossos destinos, espera pacientemente pelo nosso retorno."* > > **Dom Lauriano (com um brilho melancólico):** > *"E que seja, Eunice. Pois mesmo que nosso corpo sejamos marcados pelos anos, o espírito continua a ser jovem quando se alimenta desse sentimento de reencontro, dessa paz que só a simplicidade pode trazer."*

O retorno à cidade, ainda que breve e rotineiro, era para Dom Lauriano e Dona Eunice uma oportunidade de se reconectar com uma parte de si que não se podia apagar pela rotina do campo. A cada ida, quando o casal deixava para trás os caminhos de terra e as longas jornadas a pé, eles se sentiam como se estivessem, por um instante, libertos das amarras de um destino que, embora implacável, também lhes ensinava o valor da persistência.

Enquanto caminhavam de volta, com os passos firmes e os corações um pouco mais leves, a mente de Ângela se enchia de perguntas. Em seu íntimo, as palavras de sua mãe ecoavam combinadas aos relatos silenciosos dos pais. Ela se perguntava sobre o que o destino reservava para aqueles que, como seus pais, encontravam alegria nas pequenas conquistas – o pastel bem servido, o caldo de cana gelado, o sorriso espontâneo que rompia a dureza dos dias. > *"Não se pode deixar a esperança morrer. Talvez o nosso tempo ainda tenha muitas surpresas guardadas,"* refletia ela, olhando para o casal com olhos atentos, já projetando em sua mente os próximos capítulos dessa saga familiar, onde o mistério do futuro se mesclava ao sabor doce e amargo do presente.

No caminhar lento de volta ao lar, enquanto o céu se tingia dos últimos tons do crepúsculo, os pensamentos de Dom Lauriano voltaram a se concentrar em momentos marcados pela perda e pela superação. Lembrou-se de um dia chuvoso, quando, criança, viu seu pai – um homem que representava a esperança, mesmo diante do desalento – retornar exausto de um trabalho sem fim. > *"Pai, por que a chuva nunca lava nossas tristezas?"* perguntou o menino, com os olhos recheados de inocência e dor. > > **Seu pai, com voz rouca e olhar distante, respondeu:** > *"Filho, a chuva lava a terra, mas as marcas do tempo ficam. O importante é aprender a florescer mesmo quando a terra está marcada pelas cicatrizes do passado."*

Aquela lembrança, quase esquecida no turbilhão dos dias, voltava agora a reanimar o espírito de Dom Lauriano, que, ao ver os rostos serenos dos que o acompanhavam naquela jornada, sentia que cada passo era também um passo rumo a uma possível redenção – uma redenção que não dependia das condições externas, mas da coragem interna de transformar o sofrimento em esperança.

Dona Eunice, enquanto isso, deixava-se levar por outro fluxo de memórias. Imaginou a imagem de sua mãe, Dona Glória, cujos olhos, mesmo em meio às lágrimas, brilhavam com uma determinação que parecia desafiar a própria morte. > *"Não se esqueça, minha filha, que cada gota de suor derramada no campo é também o tempero de um futuro em que hão de florescer nossos sonhos,"* sussurrava a lembrança, transformando cada passo em um ato de resistência e amor.

Essas reminiscências, cheias de afeto e de uma melodia triste e bela, permitiam que o ambiente em volta se enchesse de uma emoção quase palpável. A cidade, com sua cacofonia de sons, cheirava a oportunidades e a desafios, mas nada substituía a sensação de pertencimento ao lar – aquele campo onde o suor, as lágrimas e os sorrisos se encontravam num abraço silencioso.

O Diálogo Silencioso do Tempo

O trajeto de volta para a fazenda era marcado por uma cordialidade silenciosa entre pais e filhos. Ângela observava cada movimento de seus pais com uma intensidade que transbordava a admiração e o desejo de decifrar os segredos daquele tempo. Em um desses momentos, enquanto caminhava ao lado de Dom Lauriano, ela ousou perguntar: > **Ângela:** > *"Pai,* *você nunca se cansa? De tanto carregar o peso do mundo em seus ombros?"* > > **Dom Lauriano (parando por um instante, com um sorriso cansado, mas sincero):** > *"Minha filha, o peso do mundo é real, mas também a leveza pode ser encontrada nas pequenas vitórias. Cada pastel, cada gole de caldo, me lembra que a vida ainda tem doçura. E se um dia tudo parecer insuportável, basta lembrar que somos filhos do tempo, destinados a lutar e, no fim, a florescer."*

Enquanto essas palavras ecoavam na mente de Ângela, o ambiente ao redor parecia se transformar num cenário de contemplação profunda. Ela sentiu, naquele instante, que o destino – esse conceito que tantas vezes tentara refutar – possuía um mistério quase sagrado, onde o tempo e as decisões se entrelaçavam em uma dança infinita.

Mais adiante, ao se deparar com um pequeno riacho que margeava a estrada de terra, Ângela parou para enxugar as lágrimas que surgiam, sem que soubesse se eram de saudades de algum tempo perdido ou de gratidão. O doce som da água, lembrado dos dias de infância quando brincava descalça nos terrenos da fazenda, despertou nela imagens do passado e a lembrança do riso de sua mãe, sempre presente em seu coração. Em meio ao murmúrio do riacho, a voz de Dona Eunice, em suavidade, pareceu sussurrar: > *"Veja, minha querida, até a água encontra seu caminho, contornando os obstáculos. Devemos aprender com ela: seguir sempre em frente, mesmo que o percurso seja sinuoso."*

Embora os momentos na pequena cidade vizinha, na companhia dos sorrisos e das gostosuras da feira, fossem breves refúgios, a jornada de Dom Lauriano e Dona Eunice não deixava de carregar em si a incerteza do que viria a seguir. Ao voltarem para casa, os olhos do casal se encontravam com uma mistura de exaustão e de leve esperança, como se os momentos de lazer e de conversa tivessem, ainda que por instantes, apagado toda a dor acumulada dos anos.

A velha bicicleta, que tanto significava para a família, aguardava silenciosamente no canto da porta – símbolo de continuidade, de uma luta diária e de um elo com o mundo exterior. Seus filhos, que ouviam as histórias e os ensinamentos dos pais, já começavam a compreender que o futuro se fazia com pequenas escolhas e com a coragem de transformar o que parecia imutável. Para Ângela, aquelas idas à cidade eram como capítulos abertos, repletos de dúvidas, mas também de uma possibilidade de reescrever o próprio destino, passo a passo.

Enquanto a noite caía, Dom Lauriano e Dona Eunice se recolhiam para descansar, mas o eco das conversas, dos risos e das recordações permanecia vivo nos corredores da modesta casa. Cada parede, cada objeto, parecia guardar um fragmento da história daquela família – uma história feita de encontros, de despedidas, de vitórias e de muitas lutas. O tempo, implacável e ao mesmo tempo benevolente, seguia seu curso, sem que ninguém pudesse adivinhar o que o amanhã traria.

Para os que viviam naquele lar, o destino não era algo predeterminado, mas uma estrada que se descortinava devagar, sempre aberta à possibilidade de mudanças, de novas lutas, de uma nova maneira de ver o mundo. E assim, enquanto o silêncio da noite se instalava, as vozes do passado e do presente formavam uma sinfonia de esperança – uma promessa de que, apesar de todas as cicatrizes e de todas as dores, o amor e a luta eram os verdadeiros motores da existência.

Capítulo VI – Da Transformação e do Adeus Imaginado

Esse ano, Ângela completa seus 18 anos. Em meio às vibrações intensas de uma adolescência que se bifurca para a entrada na vida adulta, a jovem guarda consigo um presente secreto que já elaborou com carinho e determinação. Entre os meses de outubro e dezembro do ano anterior — ou, em caso de imprevistos, entre janeiro e março do ano seguinte —, ela planeja presentear a si mesma com uma grande mudança: partir de casa para tentar a sua vida de outra maneira, longe daquele lugar que sempre foi sua raiz, mas que ultimamente se tornou uma prisão para os seus sonhos.

Nas madrugadas silenciosas, enquanto o campo dorme e o mundo parece suspenso entre o passado e o futuro, Ângela passa horas em devaneios intensos. Em seu íntimo, ela revisita anseios contidos e a dor de manter segredos que, se revelados, poderiam abalar toda a estrutura familiar, sobretudo a honra e a imagem de seu pai, Dom Lauriano. Ela sente que, de algum modo, o projeto – cuidadosamente arquitetado em sua mente – poderá romper o ciclo de dor e resignação que sempre marcou a rotina de sua família.

Mesmo tendo um profundo apreço, carinho e amizade por seus pais e irmãos, Ângela organiza em silêncio seus planos de fuga, carregando consigo uma vontade quase visceral de desaparecer daquele ambiente tão sufocante. Afinal, como é natural em muitas famílias, há segredos e feridas ocultas que se escondem atrás de sorrisos e rotinas, e ela prefere silêncio a expor o que a aflige. Essa reserva, típica do instinto de sobrevivência humano, pretende proteger os laços que, por mais frágeis que pareçam, sustentam a família – ainda que seus sentimentos conflituosos possam explodir em um dia inesperado em forma de acusações e palavras duras.

Dom Lauriano e Dona Eunice não imaginam, porém, que quem tomaria a decisão mais radical seria a própria Ângela, com apenas 18 anos; um feito que, para eles, contradiz as expectativas traçadas há tempos. Para o homem que sempre acreditou que o primogênito, Abelardo, com seus vinte e poucos anos e sua cautela própria, seria o primeiro a desbravar o desconhecido, a partida abrupta de Ângela representa um enigma perturbador. Em seu íntimo, Dom Lauriano se enreda em dúvidas: seria culpa de algo que ele deixara passar, ou um grito silencioso de uma filha que busca romper com tradições dolorosas?

O Projeto Secreto e os Turbilhões Internos

Em noites de silêncio intenso, Ângela se permite reviver episódios de sua juventude precoce – os momentos em que, aos quinze anos, já experimentava a angústia de ver um futuro sem horizonte, de sentir a pressão esmagadora de uma existência repetitiva. No refúgio de seu quarto, onde os diários e os escritos se misturavam às poesias que ela se negava a expor ao olhar dos demais, ela delineava planos e traçava mapas que a levariam para longe do campo.

Nesses momentos, flashbacks surgiam como imagens difusas: o aroma da terra molhada após a chuva, os rostos marcados pelo sol de Dom Lauriano e da Dona Eunice, as palavras de consolo da matriarca, que sussurrava que o destino tem quatro irmãos – paciência, livre arbítrio, decisões e atitudes. Cada lembrança, cada suspiro, se misturava ao imaginário feminino de Ângela, formando um mosaico de emoções em que o desejo de sair se transformava em uma necessidade vital.

"Não sei mais suportar essa prisão de silêncio e dor, resolvia ela, olhando para o vazio da parede, onde as sombras projetavam fantasmas de dias que se perderam. Em seu íntimo, as vozes dos parentes que se foram – a mãe, Dona Glória, que morreu cedo, e mesmo a avó, Dona Izabel, que ensinou a força do destino – ecoavam para lembrá-la de que, às vezes, para virar a página, é preciso rasgar o próprio livro."_

Mas mesmo com a convicção de que a mudança seria libertadora, Ângela também se debatia em sentimentos ambíguos: por um lado, o desejo ardente de fugir; por outro, a culpa e o medo de abandonar aqueles que ama. Assim, ela guardava esse segredo com o rigor de quem sabe que, ao revelar, poderia fazer chover tumultos em sua pequena família.

Os dias se sucediam e, com eles, uma ansiedade crescente a acompanhava a cada entardecer. Ela imaginava o que seus pais iriam sentir ao descobrir sua decisão repentina. Dom Lauriano, sempre tão repleto de dúvidas e questionamentos silenciosos, possivelmente se perguntaria se algum erro seu teria incitado aquela decisão. Dona Eunice, que tanto esperava assistir ao ciclo natural da família, possivelmente se veria em conflito entre o orgulho de ter criado uma filha forte e o medo de perdê-la para sempre.

Em conversas íntimas com suas amigas de confidência – aquelas poucas que, mesmo distantes, conseguiam captar os dilemas de sua alma –, Ângela expressava o turbilhão interno que a consumia.

> *"Eu sinto que, se ficar, vou morrer aos poucos, como se cada dia fosse uma sentença de prisão,"* confidenciava ela, com a voz embargada, enquanto os olhos, inebriados de lágrimas, revelavam uma determinação que ia além do instinto adolescente. > > *"Não é sobre ingratidão, nem desamor. É sobre não querer ver a mesma dor se repetir... já ouvi tantos gritos silenciados nesta casa que não suporto mais o eco deles!"* complementava, a voz instável, mas carregada de uma clareza amarga que fazia o silêncio se tornar eloquente.

Os Inconvenientes dos Laços Familiares

Dom Lauriano, sem saber do segredo que se formava silenciosamente na mente de sua filha, continuava preocupado com o bem-estar do lar e dos filhos. Em suas conversas com Dona Eunice, ele frequentemente se manifestava sobre as dificuldades enfrentadas pela família.

Em uma dessas ocasiões, enquanto organizava os afazeres noturnos na casa, ele murmurou num tom de desassossego:

> *"Será que a vida, com tantas dores e tropeços, não tem preparado algo maior para nós? Mas, ao mesmo tempo, como manter a chama acesa sem que o passado venha a nos consumir?"*

Essas palavras ressoavam no ar, mas também eram interceptadas por pensamentos que ele nem imaginava – os de sua filha, que secretamente ansiava por romper as amarras, como um pássaro cansado de uma gaiola invisível.

Dona Eunice, consciente dos próprios limites e das dores acumuladas ao longo dos anos, muitas vezes tentava acalmar a inquietude de Dom Lauriano, mas por dentro também se perguntava se os tempos de mudança iam, de fato, chegar para seus filhos. Ela sempre dizia, em seus sábios momentos de afeto:

> *"Meu Lauriano, a vida se desenrola com seus altos e baixos, mas é preciso ter coragem para decidir quando o tempo de partir chega. Se nossos filhos hesitam, talvez seja porque nenhum de nós sabe ao certo o preço da liberdade."*

Essas reflexões permeavam seus diálogos diários e, sem que qualquer palavra fosse dita sobre o assunto, os olhares de Ângela se enchiam de um brilho diferente quando a estrela do seu aniversário se aproximava. Habituada desde os quinze anos a sentir esse turbilhão emocional, ela já se via dividida entre o desejo de partir e a amarração invisível que a legislação familiar impunha.

Memórias que Ferem e Inspiram

Em uma tarde de verão, sob o calor que fazia o vento dançar sobre os campos, Ângela lembrou-se de um episódio marcante de sua infância. Ela recordou com nitidez o dia em que sua mãe, Dona Glória, tentou, mesmo que em meio a tantas incertezas, incutir nela o valor da persistência.

> *"Minha filha, para que possamos colher os frutos do amanhã, precisamos aguentar o presente. Não se esqueça: cada lágrima derramada hoje regará a esperança de um futuro melhor."*

A voz de Dona Glória ecoava suave, mas com uma firmeza que só se adquiria na luta diária. Naquele dia, Ângela, ainda tão pequena, viu sua mãe se despedir com um abraço apertado, enquanto o crepúsculo se aproximava e levava consigo promessas de dias melhores. A imagem ficou gravada em sua mente, tornando-se uma fonte de força e também de angústia, ao mesmo tempo em que lhe forjava a convicção de que, se pudesse, mudaria o rumo das coisas para não repetir as dores do passado.

A memória também trazia à tona a figura de seu pai, cuja expressão sofrida, muitas vezes, refletia um misto de resignação e esperança. Ele, que sempre questionava silenciosamente se havia feito o suficiente para proteger a família, agora via em cada recorte do tempo um aviso para que certos ciclos precisassem ser rompidos. Essa dor compartilhada, contudo, era também o elo que os mantinha juntos; cada lágrima, cada sorriso amarelo em meio à fadiga era um pacto não verbal de que, apesar de tudo, o amor continuava a imperar – mesmo que a transformação exigisse sacrifícios impensáveis.

Os Rumos de Uma Decisão que Ainda Não Foi Contada

Apesar das convicções fervilhantes dentro de si, Ângela mantinha seu plano em segredo. Ela sabia que anunciar sua decisão de partir seria como soltar uma bomba de água suja sobre os alicerces da família. A ideia de deixar para trás o que sempre conheceu – o cheiro da terra, os sons das conversas ao redor da velha mesa de jantar, as risadas misturadas às regalias simples de um lar humilde – era quase insuportável, mas inevitável.

Em seus olhos, o projeto de emancipação não era apenas uma fuga; era uma busca desesperada por um novo começo, onde ela pudesse se reinventar sem as amarras do passado.

Mesmo sabendo do carinho que nutria por seus pais, Ângela temia que revelar seus planos os mergulhasse em uma tristeza que, talvez, desestruturasse toda a unidade familiar. Ela se recordava, com pesar, das vezes em que seus irmãos – Abelardo e

Antônio – já haviam revidado com palavras afiadas, acusando-a de ingratidão e rebeldia, tentando como se a persuadissem a permanecer.

> *"Você é ingrata, não sabe valorizar o que tem! Por que fugir se poderia lutar para melhorar o que temos?"* ecoava, em sua mente, a voz severa de Abelardo, que já a acusava em tom marcado de rancor.

Por outro lado, Antônio, com seus silêncios e comportamentos retraídos, guardava um ressentimento que se enraizava no passado e na sensação de ser sempre o excluído, o caçula incompreendido. Esse sentimento, embora oculto, tornava o ambiente familiar ainda mais fragilizado, e Ângela, mesmo carregando o desejo de partir, sentia um pesar imenso por deixar para trás aqueles que, de algum modo, eram insubstituíveis.

Em noites solitárias, enquanto folheava um caderno onde anotava sonhos e planos, ela se perguntava:

> *"Será que vocês jamais me entenderão? Será que a minha saída será a única forma de eu poder respirar, de poder ser, finalmente, dona do meu destino?"*

Cada letra escrita era um grito silencioso de liberdade, uma tentativa de transformar a dor em esperança, enquanto o tempo corria inexorável e o grande dia de seu aniversário se aproximava.

O Confronto Interno diante da Decisão que se Forma

Aos 18 anos, o calendário marcava não só a transição para a maioridade, mas também a iminência de uma decisão que mudaria o rumo da vida de Ângela. Ela passou meses planejando em segredo, elaborando cada detalhe: desde o momento exato da partida até a maneira sutil de comunicar aos pais o que pretendia fazer.

A mente de Ângela fervilhava em pensamentos ambíguos. De um lado, o anseio por uma nova vida, onde os grilhões do campo e da tradição a impediriam de explorar todo o seu potencial. Do outro, o medo inevitável de se tornar uma forasteira na própria história, abandonando aqueles que sempre a amaram, ainda que de uma forma limitada pelo ambiente em que foram criados.

Em seus devaneios, ela se via caminhando sozinha por uma cidade desconhecida, onde cada rua e cada canto lhe prometiam a possibilidade de ser redescoberta. Mas também via o rosto de Dom Lauriano, tão marcado pelo tempo e pelas lutas, e o sorriso sereno de Dona Eunice, que sempre representaram a essência de sua infância. O conflito era doloroso e avassalador.

> *"Eu preciso me libertar,"* repetia para si, enquanto as lágrimas rolavam silenciosamente pelo rosto. *"Mas não posso destruir esse laço de amor que me une a eles. Talvez eu precise*

encontrar um meio-termo, um caminho onde eu possa ser dona de mim mesma sem precisar apagar quem me criou."

Essa reflexão era interrompida por lembranças de momentos felizes – as tardes em que a família toda se reunia depois de um dia árduo de trabalho, as festas simples onde os risos se misturavam aos sons do campo, e as histórias contadas à beira da fogueira, onde o tempo parecia parar para ouvir. Mas essas memórias logo se confundiam com a realidade opressora que a impelia a sonhar com a fuga.

Num desses momentos de angústia e decisão, enquanto observava o oeste dilacerado pelo pôr do sol, Ângela revivia um diálogo que, em sua infância, marcou seu espírito. Ela se lembrava de uma tarde em que, ainda menina, conversara com sua avó – uma história que flutuava na memória como um sussurro de sabedoria:

> *"Minha querida, o mundo é grande e cheio de possibilidades. Embora a terra onde nascemos não seja sempre justa, é nela que aprendemos a força de lutar. Um dia, se sentires que não podes mais suportar, lembra-te que fugir não é fraqueza, mas o primeiro passo para escreveres tua própria história."*

Essas palavras se enraizaram no íntimo de Ângela, formando a base da decisão que, agora, começava a tomar forma como um projeto de vida. Ela sabia que, quando chegasse a hora de revelar seu plano, a reação da família seria intensa e conflitiva. Abelardo, com sua personalidade cautelosa e, por vezes, reprovadora, e Antônio, com seu ressentimento moldado pelo passado, talvez tentassem persuadi-la a reconsiderar ou, ao contrário, a esmagar sua vontade com acusações.

Porém, o que ela desejava era, acima de tudo, encontrar a si mesma sem as amarras do lugar em que havia crescido. A ideia de se presentear e presentear seu futuro com a liberdade de decidir, mesmo que isso implicasse uma ruptura dolorosa, alimentava sua determinação. Ela negava, silenciosamente, a possibilidade de que seu desejo fosse motivado por ingratidão – era simplesmente o grito de uma alma que não aceitaria mais o destino traçado para ela.

A cada dia, a data se aproximava e, em seu coração, os sentimentos se aglomeravam como nuvens antes da tempestade. Ela ensaiava, em seus pensamentos, como seria o momento de revelar o segredo; se escolheria o aniversário para fazê-lo, ou se esperaria um instante após a comemoração, quando a euforia dos festejos se dissipasse em silêncio e reflexão.

Enquanto isso, o ambiente familiar seguia sua rotina inabalável. Dom Lauriano e Dona Eunice, mesmo inconscientes da revolução interior que fervilhava em Ângela, sentiam, em certos instantes, uma inquietação inexplicável. Dom Lauriano, com seu olhar melancólico e tantas perguntas não respondidas, já pressentia que algo se formava nos recantos do coração da filha.

> **Dom Lauriano (num murmúrio para si mesmo, ao observar o horizonte):** > *"Será que nossa pequena está se preparando para partir? Não consigo deixar de pensar se, de alguma forma, deixamos algo por dizer, alguma palavra de amor que pudesse amarrá-la a este lugar..."*

Enquanto isso, Dona Eunice, ao ver os castanhos cintilarem nos olhos de Ângela – agora carregados com um brilho de inquietude e dor velada – sentia que o tempo, implacável, trazia consigo uma mudança irreversível. Ela já havia presenciado outras partidas, de outros membros da família, e sabia que cada adeus deixava cicatrizes que, por mais belas que fossem de lembrar, jamais se curavam totalmente.

Em um desses momentos, durante uma conversa quieta enquanto preparava o jantar, Dona Eunice sussurrou para Dom Lauriano:

> **Dona Eunice:** > *"Eu já sinto que nossos caminhos, por um breve instante, se distanciam... A filha, ela carrega um fardo que talvez não possamos aliviar. Preciso acreditar que, quando chegar a hora, ela entenderá que nosso amor continua, mesmo que os passos a levem para longe."*

Dom Lauriano apenas assentia, os olhos fixos em um ponto indefinido, onde o passado e o futuro se encontravam em uma dança melancólica. Ele recordava, com dor e resignação, que a vida sempre cobrava seu preço – mesmo que fosse na forma das lágrimas silenciosas que se acumulavam no coração de um pai que se sentia incapaz de prever o desconhecido.

O Impacto nas Relações Entre Irmãos

Na intricada teia de sentimentos que compunham o universo familiar, os irmãos de Ângela também se viam às voltas com seus próprios dilemas. Abelardo, o primogênito, cuja experiência e cautela o transformaram em um modelo de responsabilidade, via com perplexidade a possibilidade de ver sua irmã partir cedo.

> *"Como pode ser que ela deseje partir agora, antes mesmo de ter experimentado plenamente a vida? Será que nossa família não é forte o suficiente para enfrentar as agruras que nos cercam?"* pensava Abelardo, com um misto de admiração e reprovação, que o atormentava internamente. Sua voz, quando a repreendia, era dura, carregada de críticas que, embora nascessem do medo de perder a união familiar, feriam profundamente o coração de Ângela.

Antônio, o caçula, guardava em seu âmago um ressentimento que jamais se dissipara dos comentários que, no passado, o rotularam como fardo. Mesmo que, em silêncio, ele tivesse reconhecido a qualidade e o valor de sua própria existência, as palavras de Abelardo ainda ecoavam em seu íntimo, transformando-o em um ser dual: por um lado, desejava o bem da irmã; por outro, nutria o rancor de sempre ter se sentido deixado de lado. Essa tensão invisível, que se manifestava em olhares e silêncios, fazia com que, em momentos de confraternização, o ambiente se carregasse de uma tensão inexplicável, onde a alegria dos encontros se misturava a um desconforto subjacente.

Para Ângela, esses conflitos não eram suficientes para pesar sobre a decisão que, há muito, fervilhava em seu íntimo. Mesmo sentindo o peso do espírito familiar, ela sabia que a busca por sua própria identidade era um processo que, por inevitável necessidade, causaria rupturas dolorosas. Ao mesmo tempo, os segredos que carregava – aqueles que jamais ousaria partilhar com os pais e irmãos – formavam um muro invisível, erigido para proteger tanto a si mesma quanto as frágeis estruturas que sustentavam a família.

> *"Eu sei que me amam, mas há partes de mim que não podem ser explicadas. Esses segredos, por mais pesados que sejam, são o que me mantém inteira e, ao mesmo tempo, ferida. Talvez seja melhor guardá-los, pois se forem revelados, podem abalar tudo o que já construímos,"* pensava Ângela, enquanto caminhava pelas sombras do entardecer, tentando encontrar respostas nas estrelas que, mesmo distantes, brilhavam com a promessa de liberdade.

O Amanhecer de Uma Nova Era Pessoal

O aniversário de 18 anos de Ângela se aproxima como um marco indelével na história pessoal da jovem. Em seus momentos de íntima reflexão, ela desenha mentalmente os contornos de uma nova era – um período de autonomia, onde os sonhos, por mais audaciosos que parecessem, poderiam se transformar em realidade.

As conversas que mantém consigo mesma, às escondidas da vista dos demais, são repletas de planos minuciosos: o dinheiro poupado em pequenos recantos, os cursos que deseja fazer e as possibilidades de um emprego que lhe permitam ter autonomia. Cada detalhe é pensado com rigor quase obsessivo, como se ela tivesse consciência de que o menor deslize poderia transformar seus sonhos em pó.

Durante a madrugada, quando o mundo exterior repousa em silêncio, Ângela escuta o sussurro do vento que traz consigo memórias dos dias em que(a) ela brincava no campo, imaginando que um dia o destino lhe sorriria. Agora, os sussurros se transformam em um chamado urgente e, ao mesmo tempo, delicado: a chamada para se libertar, para transcender aquilo que sempre a definiu.

Em uma dessas noites, enquanto escrevia em seu diário, ela se recorda de uma conversa que, inadvertidamente, ouviu entre seus pais e irmãos – palavras que, mesmo sem saber que se destinavam a ela, insinuavam que a família jamais imaginaria um cenário em que a filha mais nova partisse primeiro. Essa revelação silenciosa fortaleceu sua decisão, alimentando o fogo da independência.

> *"Se eu não fizer isso por mim, quem fará? Se eu não sair agora, serei para sempre refém de um lugar que já não me comporta mais, nem me representa,"* era o grito interior de Ângela, que se misturava a uma ansiedade pulsante e a uma dor profunda que jamais seria esquecida, mas que, paradoxalmente, lhe dava a força para encarar o futuro.

Entretanto, cada passo rumo à independência vem acompanhado de incertezas. Ela se questiona se conseguirá lidar com a própria liberdade, se o mundo lá fora será capaz de acolhê-la com a mesma ternura que sempre encontrou em seu lar. E, mais ainda, ela teme o impacto que sua decisão terá sobre os laços familiares – laços esses que, embora repletos de amor, também carregam feridas que jamais se curarão por completo.

Dom Lauriano, em seus momentos de introspecção, já pressentira que algo estava se formando no coração da filha. Ele se recordava de dias passados em que, mesmo sem compreender a totalidade dos sentimentos, notava um brilho diferente nos olhos de Ângela – um brilho que indicava que ela ansiava por algo que jamais fora alcançado na rotina do campo. Mas, como pai, ele se via impotente diante de seus próprios medos: o que seria de seu legado, de toda a luta e dos sacrifícios, se a filha decidisse partir e escrever um novo capítulo longe dele?

Dona Eunice, sempre instintivamente forte, abrigava uma esperança melancólica de que, mesmo que o tempo separasse os corpos, os corações poderiam continuar conectados. Ela desejava, com fervor silencioso, que o amor entre mãe e filha fosse capaz de transcender a distância e os conflitos, que o destino, por mais cruel e incerto, não desmanchasse a família que tanto batalhara.

> *"Minha filha, mesmo que os ventos da vida te levem para longe, meu amor te seguirá como uma estrela guia. O mundo lá fora pode ser vasto e cheio de desafios, mas lembre-se: és feita de força e coragem,"* ecoava, nas lembranças de um abraço apertado e nos suspiros partilhados durante as longas noites de verão.

Diálogos que Antecipam o Futuro

Numa tarde ensolarada, enquanto a família se reunia geralmente para as refeições simples ao redor da mesa rústica da casa, Ângela absorvia silenciosamente cada palavra, cada olhar de seus pais e irmãos. Mesmo que, naquele instante, ela mantivesse o segredo bem guardado – escondido nas profundezas de seu olhar inquieto –, o sentimento de que algo grandioso estava para acontecer vibrava no ar.

Abelardo, com sua voz sempre tão cautelosa, comentou durante o almoço:

> **Abelardo:** > *"Tem dias em que tudo parece igual, como se estivéssemos presos num ciclo eterno. Mas, às vezes, sinto que nossas escolhas têm um peso maior. Espero que, quando a oportunidade chegar, possamos agarrá-la com firmeza."*

Antônio, com o olhar distante e as palavras contidas, murmurou algo que soou como um lamento silencioso, aumentando a tensão que, mesmo que imperceptível para muitos, fazia com que o ambiente se tornasse carregado de significados ocultos.

Enquanto isso, Ângela ouvia atentamente, mas respondia pouco. Em seu íntimo, cada palavra dos irmãos se misturava às memórias e aos planos que secretamente vinha elaborando. Ela sabia que o momento de revelar sua decisão chegaria e que, nesse instante, a família seria tomada por uma reviravolta inesperada, que poderia ferir orgulho, reacender mágoas e, consequentemente, transformar para sempre o destino de todos.

Ao final da refeição, enquanto os outros se dispersavam para retomar as tarefas diárias – os afazeres na lavoura, as responsabilidades com os patrões e os preparativos para a próxima jornada –, Ângela permaneceu absorta em seus pensamentos. Ela imaginou, com detalhes vívidos, o dia em que anunciaria sua partida. Visualizou os olhares de Dor e incredulidade de Dom Lauriano, o silêncio contido de Dona Eunice, o misto de reprovação e proteção de Abelardo e a dor contendida de Antônio.

> *"Será que eles conseguirão entender que não estou fugindo, mas buscando viver? Que não se trata de ingratidão, mas de um desejo urgente de ser quem eu realmente sou?"*

Essas indagações passavam pela mente de Ângela como uma tempestade controlada, um prelúdio de mudanças que ainda se formavam no horizonte distante, mas que prometiam transformar os alicerces daquela família.

O Refúgio Interno e a Preparação de um Novo Amanhecer

À medida que os dias se aproximavam do seu aniversário, a intensidade das emoções de Ângela só aumentava. Em seus momentos de isolamento, ela se via revisitando os cantos mais profundos de sua alma, onde os medos e as esperanças se enfrentavam num duelo silencioso.

Durante uma madrugada especialmente fria, enquanto as estrelas cintilavam com a promessa de um novo começo, Ângela sentou-se em sua pequena escrivaninha, iluminada apenas pela luz tênue de uma vela. Com a caneta tremendo levemente em suas mãos, ela começou a rascunhar, sem medo de errar, cada sonho e cada plano que almejava para seu futuro.

Em seu diário, ela escreveu sentimentos que jamais ousara partilhar em voz alta:

> *"Hoje, neste momento de solidão, sinto que minha alma clama por liberdade. Quero ser dona da minha própria história, desvencilhar-me dos grilhões do passado e abrir as portas para novas possibilidades. Sei que cada palavra escrita aqui é um passo em direção ao desconhecido. Mas, embora o medo me abrace, também sinto a chama vibrante de um futuro que, mesmo incerto, promete me resgatar da estagnação de uma vida que já não consigo suportar."*

Essas palavras tornaram-se seu mantra secreto, um aceno para que o tempo e o destino se alinhem e permitam que ela, finalmente, trilhe o caminho que escolheu. Ao mesmo tempo, ela sabia que essa decisão não seria isenta de consequências dolorosas para aqueles que tanto amava. Essa dualidade – entre o desejo ardente de partir e o inevitável sentimento de culpa e responsabilidade – era o que fazia seu coração bater em ritmo tão acelerado e sua mente divagar em possibilidades e receios.

Enquanto isso, em casa, Dom Lauriano e Dona Eunice continuavam sua rotina, alheios à tempestade interna que se formava na filha. Alguns instantes, porém, indicavam que algo estava diferente: um olhar que se perdia por mais tempo do que o habitual, uma ausência silenciosa na mesa de jantar, gestos que sugeriam inquietude. A família, acostumada à monotonia das lutas diárias, começava a perceber, de forma sutil, que os ventos da mudança podiam já estar soprando. Mas, como tantas vezes aconteceu, os sinais eram ambíguos e as esperanças se misturavam ao medo.

Ângela vivia em um estado de tensão delicada. Em meio aos preparativos para a celebração – que, embora modesta, era carregada de significado para ela –, cada gesto era uma preparação não só para comemorar uma nova etapa de sua vida, mas também para o anúncio que, secretamente, carregava em seu íntimo.

Capítulo VII – O Último Festim e o Eco da Decisão

Meses se passaram e, como se o tempo obedecesse a um compasso de simplicidade e de um pesar contido, chegou o aniversário de 18 anos de Ângela. Na casa humilde, onde o suor e a esperança moldavam a rotina diária, a celebração passou a ser um evento singelo, quase imperceptível para os demais, mas carregado de significados profundos para aqueles que acompanhavam sua trajetória.

Os familiares se reuniram sem grandes alardes, como era de costume. Entretanto, aquela data marcava para Ângela o início de um ciclo profundo, uma efeméride que ela sabia que exigiria coragem maior do que qualquer outra vivida até então.

Naquela manhã, os primeiros raios de sol iluminaram o quintal empoeirado, fazendo com que cada folha e cada objeto ganhasse um brilho suave, como se o próprio dia quisesse dar às pessoas o consolo de um recomeço. Seus pais prepararam um bolo simples – feito com receitas passadas de geração em geração e enfeitado com as poucas, porém significativas, decorações que conseguiram juntar ao longo de tempos difíceis. O bolo, macio e levemente aromatizado pelo toque caseiro, serviu apenas para alimentar seis a sete pessoas; uma festa íntima, onde poucos parentes compareceram devido à distância e às dificuldades que cada um enfrentava em sua própria luta diária.

Enquanto os parabéns eram entoados e os gestos carinhosos se sucediam, em seu olhar havia uma centelha que ninguém notava – uma promessa de que o tempo, a partir daquele momento, assumiria um novo curso. Ela sorria, participava das brincadeiras e das conversas, mas em seu coração os planos já estavam traçados. Ela se prometera que, logo após os festejos, daria o primeiro passo para comunicar sua decisão à família.

Naquele ambiente onde nada era grandioso, mas cada gesto transmitia o valor de conviver com o que se tem, os vizinhos surgiram de passagem, oferecendo cumprimentos sinceros e breves abraços que, logo, se desfizeram, como se a presença deles nunca pudesse se acomodar por muito tempo naquele recinto de tantas histórias. Assim, entre risos tímidos e olhares de compreensão compartilhada, a pequena comemoração seguiu seu curso.

Mas, ao mesmo tempo, o medo persistia no coração de Ângela. O medo de ser julgada, de causar uma ruptura irreversível, de ver seu pai, cuja imagem de homem íntegro e batalhador sempre fora o alicerce da família, se desconstruir diante dessa nova realidade. Ela sentia, nas profundezas de sua alma, que as palavras que guardava eram daquelas capazes de destruir castelos construídos com suor e lágrimas, mas também eram a semente da sua própria libertação.

Nas horas que antecederam o anúncio, Ângela relembrava os momentos suaves e dolorosos de sua infância – os ensinamentos da avó, os sorrisos de sua mãe partida, os olhares de afeição de Dom Lauriano e os silêncios contidos de seus irmãos, que, de alguma forma, já pressentiam que mudanças estavam por vir.

> *"Eu irei embora, não porque não os ame, mas porque preciso me encontrar. Se o mundo me espera lá fora, eu darei o troco a essa saudade que, mesmo com suas amarras, me faz sentir viva."*

Essas palavras, guardadas em seu íntimo, eram aquilo que ela não podia pronunciar em voz alta, mas que a impulsionavam a avançar, mesmo que com passos hesitantes e tremidos.

O Alvorecer de uma Nova Jornada

Enquanto o dia se encaminhava para o fim e o aniversário era celebrado com distendida emoção, o universo de Ângela se preparava para um prelúdio transformador. Dom Lauriano, que até então parecia alheio, começava a notar pequenos indícios de mudança no comportamento da filha – o olhar distante, o silêncio durante os momentos de conversa, o jeito de andar que sugeria que a mente estava a milhares de quilômetros de distância.

Era uma das tardes em que se fazia melhor manter o silêncio compartilhado do que gritar as dores que pesavam nos corações. A família sabia, instintivamente, que havia certas dores que eram mais bem mantidas em segredo – como se o sofrimento, por vezes, se tornasse mais suportável quando não era exposto a olhares alheios. E, naquele dia, entre as poucas delícias dispostas na mesa rústica, a celebração de Ângela era uma mescla de contentamento e de resignação silenciosa, uma festa modesta à altura da realidade que ali se apresentava.

Dona Eunice, com a sabedoria que só os anos podem conceder, observava com um misto de apreensão e resignada esperança, tentando decifrar os sinais que talvez indicassem uma revolução interna. Ela lembrava dos momentos em que, ainda jovem, sua própria filha havia demonstrado vontade de partir, e de como o destino, com seus caprichos desconhecidos, sempre encontrava uma maneira de unir os corações, mesmo quando separados pela distância.

Ao final da festa, enquanto os presentes se dispersavam lentamente para os seus afazeres noturnos, deixando para trás a imagem dolorida de uma família em conflitos, o eco daquela noite permanecia como um sussurro inquietante para todos. Isso porque muitas ouviram Ângela muitas vezes dizer, que quando completasse dezoito anos, tomaria uma atitude um tanto radical para alguns. Dom Lauriano, de volta ao seu canto solitário, via as sombras se alongarem pelas paredes da sala, e cada uma delas parecia contar a história de um adeus que estava prestes a se concretizar, ainda que inacreditável. Dona Eunice, em sua quietude, saia para a cozinha preparar um chá calmante, na tentativa de amenizar a angústia que invadia cada recanto da casa.

Ângela, por sua vez, retirou-se para seu quarto, onde em memórias e planos se entrelaçavam num diário agora repleto de versos que falavam de liberdade, de dor e da promessa de um novo amanhecer. Seus olhos, confusos, perdidos e ardilosos, fitavam um horizonte, onde a cidade que a aguardava já surgia como uma promessa de recomeço, embora carregada de incertezas e desafios. E assim, ali dentro do silêncio e turbulências de sua privacidade e intimidade, ela fechou a porta e o caderno onde anotara seus planos, olhou pela janela, onde as estrelas cintilavam como promessas de um futuro inédito. Seus olhos, brilhando com lágrimas não derramadas, que refletiam a dualidade de um coração dividido entre: a certeza da necessidade de partir e o pesar por abandonar as raízes que, de forma indelével, a moldaram.

Em seus pensamentos, ela repetia o que havia aprendido desde os 15 anos:

> *"Nada nunca foi fácil, mas cada passo rumo à liberdade é uma vitória contra o destino que nos forja na dor. Eu irei construir meu próprio caminho, mesmo que seja solitário, pois é nesse salto que reside a chance de ser verdadeiramente livre."*

Esses instantes de solitude eram tão intensos quanto dolorosos – um tempo em que a jovem se confrontava com a verdade de que o destino é feito de escolhas que muitas vezes ferem, mas também liberam. Ela sentia que, ao amanhecer, a decisão já estaria tomada, mesmo que ainda não pronunciada. E, nesse silêncio carregado de significado, ela se permitiu sonhar com um mundo onde pudesse ser, finalmente, dona de si mesma, sem o peso implacável das tradições que a amarravam.

O Eco de um Futuro Ainda Por Vir

Assim, o anúncio secreto de sua partida – que viria a ser revelado num futuro próximo, e que agora era mais próximo do que nunca, desencadeavam explosões de emoções e colapsos silenciosos – que sem dúvidas, prometiam abalar as estruturas de uma família inteira. Dom Lauriano e Dona Eunice, que há tanto tempo lutavam contra os horrores e as injustiças impostas pelo destino, veriam seus próprios temores refletidos na determinação de Ângela.

Os irmãos, por sua vez, teriam que conviver com uma nova dinâmica, onde os velhos ressentimentos e as mágoas guardadas em silêncio poderiam se transformar em disputas amargas, ou, com sorte, em oportunidades para a reconciliação – mas nada seria como antes.

A tensão que envolvia esse projeto secreto fazia com que, mesmo em meio à normalidade dos dias, surgissem pequenos momentos de presságio: um olhar que durava mais do que o habitual, uma pausa prolongada nas conversas familiares, um arrepio que percorria a espinha de todos quando de maneira involuntária as memórias do passado vinham à tona.

Para Ângela, esse período era simultaneamente aterrador e libertador. Ela sabia que o caminho escolhido não seria fácil; que as dores do adeus e os desafios de se reinventar seriam imensuráveis. Contudo, o desejo de experimentar uma vida diferente sobrepujava qualquer medo. Ela imaginava um futuro onde os traumas do passado fossem transformados em pontes para a liberdade, onde cada cicatriz se tornasse, enfim, um símbolo de superação.

O dia do anúncio, que ainda se projetava nebuloso no horizonte, aproximava-se com a força de um vendaval prestes a varrer tudo à sua frente. Ângela sabia que, quando chegasse o momento, cada palavra, cada gesto carregaria o peso de sua decisão de partir. E nela se formava uma calma quase paradoxal, como se, finalmente, o destino estivesse alinhando os ponteiros e lhe dando o sinal para seguir adiante.

Nas horas finais daquela noite que antecedia a manhã do anúncio, ela se permitiu meditar sobre o que havia construído e o que estava prestes a deixar para trás. Em seu íntimo, evocava imagens de infância, dos sorrisos que iluminavam os dias de sol no campo, e também os rostos marcados pela dor dos momentos em que a esperança parecia ter sido arrancada. Mas, ao mesmo tempo, via em si mesma a chama indomável de uma mulher que se recusava a ser definida pelas limitações impostas pelo ambiente em que cresceu.

Ela escreveu, com a tinta das emoções, num verso raso, mas profundo em seu diário:

> *"Hoje, neste limiar de vida, decido que não serei prisioneira de um passado que não representa mais quem sou. Meu coração clama por liberdade, e mesmo que a estrada seja solitária, sei que vale a pena trilhá-la, pois cada passo será um renascer, uma chance de ser dona do meu próprio destino."*

Essas palavras, guardadas como um juramento íntimo, eram um convite a si mesma para enfrentar o desconhecido, mesmo que o medo persistisse. E, embora os desafios fossem imensos, ela sentia que o tempo, em sua implacável passagem, já havia traçado os contornos de um novo ciclo – um ciclo que exigiria coragem, mesmo que se caminhasse com os pés trêmulos.

Reflexões Finais Desse Prelúdio

Ao fechar o diário, Ângela respirou fundo, como se a própria respiração pudesse selar sua decisão e prepará-la para o confronto iminente com o futuro. Seus olhos, agora secos das lágrimas silenciosas, refletiam uma determinação que ultrapassava a juventude: eram o brilho de uma mulher que, mesmo diante das maiores incertezas, escolheu seguir o caminho da liberdade.

Enquanto a madrugada se transformava em aurora, ela se vestia com a convicção de que, a partir daquele dia, tudo mudaria. O plano de partir – mantido em segredo por tantos meses – era agora um agente que transformaria não apenas sua vida, mas toda a dinâmica familiar, lançando novos desafios, conflitos e, possivelmente, oportunidades de reconciliação ou ruptura definitiva.

Aos primeiros raios do sol, enquanto os sonhos se encontravam com a realidade crua do amanhecer, Ângela sentiu que o tempo era seu aliado e também seu juiz. Ela sabia que os próximos dias trariam não apenas o anúncio, mas também o início de uma jornada que a levaria a reconhecer que os laços, por mais profundos que sejam, nem sempre podem conter o desejo de renascer.

E assim, com o coração pulsando de emoções conflitantes, ela se preparava para transformar o silêncio em palavras, os anseios em ações e, finalmente, encarar o destino que, com sua dualidade cruel e doce, se desenrolava diante dela.

Enquanto isso, a família continuava sua rotina, com Dom Lauriano e Dona Eunice ainda alheios ao projeto que se formava no íntimo de sua filha. Mas o ar estava carregado de presságios, sinais sutis de que a história estava prestes a tomar um rumo inesperado – um rumo onde o amor, a dor e a liberdade se entrelaçariam para sempre.

Apenas o futuro, com toda a sua incerteza, guardava as respostas. E, mesmo que o anúncio de Ângela venha a abalar os alicerces de uma família inteira, ela está determinada a escrever seu próprio capítulo – um capítulo onde a liberdade e a autenticidade podem, finalmente, florescer, mesmo que o preço a ser pago seja a separação daqueles que sempre amou.

Entretanto, Ângela não teve coragem de falar nada, no dia seguinte após o seu aniversário....

Um Amanhecer em Suspenso

Conforme os dias transcorreram após o aniversário, o que parecia um mero marco de mais um ano passou a ganhar contornos de uma decisão já tomada em segredo. Novembro chegou e foi se passando, e com ele, a firme convicção de que aquele momento não podia mais esperar.

Em meio a um ar pesado, onde as folhas secas dançavam pelas calçadas da pequena propriedade, Ângela tomou uma decisão que iria, de imediato, alterar o curso de sua existência. Ela já havia se preparado "psico-emocionalmente", refinando seus pensamentos e organizando seu projeto – uma saída definitiva do lar, um recomeço longe daquele ambiente opressor que, apesar do carinho, a aprisionava em uma rotina onde cada dia parecia repetir os mesmos desafios dolorosos.

Numa outra manhã, em que se planejava novamente o anúncio aos pais, a atmosfera na casa estava impregnada de uma tensão que desafiava a rotina. Dom Lauriano apareceu com o semblante mais sério que se podia imaginar, seus olhos largos e inseguros denotavam o peso de uma ansiedade que mal podia ser contida. O velho coração pulsava com temor, enquanto Dona Eunice tentava, com acenos mansos, transmitir que, mesmo diante da mudança, o laço familiar prevaleceria – ainda que em uma nova configuração. Assim, a manhã se foi e Ângela continuou a guardar o seu silencio sobre sua partida.

Na tarde do mesmo dia, enquanto os últimos raios de sol se escondiam por trás do horizonte, Ângela convocou uma reunião familiar. Em um tom sereno, mas carregado de urgência, ela pediu à presença de todos para um encontro na sala de estar modesta, um espaço onde as paredes gastas e os móveis remendados guardavam o eco de velhas conversas e de afetos recônditos.

Dom Lauriano, já acostumado a lidar com as intempéries emocionais da vida, demonstrava apreensão. Seu velho rosto, marcado por rugas profundas e pelo cansaço acumulado, transparecia ansiedade; os poucos cabelos ralos, sob o velho chapéu de palha, pareciam tentar oferecer resistência à tensão que subia à superfície. Gotas de suor emergiam silenciosamente pelo pescoço, descendo pelas orelhas e se insinuando entre os sulcos do tempo, enquanto Dom Lauriano se esforçava para compreender o que sua filha pretendia dizer.

O ambiente, que até então fora permeado pela tranquilidade da rotina familiar, foi subitamente tomado por um silêncio carregado de expectação e medo. O coração de cada membro da família acelerava, cada batida ressoava a incerteza de um futuro que, até então, jamais fora imaginado.

O Momento da Revelação

Com os olhos decididos, mas traindo um toque de ansiedade, Ângela tomou a palavra. Sua voz, ao romper o silêncio, parecia carregar o peso de todas as noites em que se debateu com seus próprios fantasmas.

E com a voz trêmula, mas resoluta, Ângela finalmente ergueu a cabeça e, olhando para os presentes, disse:

> **Ângela (com voz firme, mas embargada por emoções):** > *"Eu preciso falar com vocês... Eu tenho algo a dizer, algo que venho planejando há muito tempo. Nos últimos meses, tenho refletido muito sobre quem eu sou e sobre o caminho que desejo seguir. Chegou o momento de eu partir deste lar, de buscar uma nova forma de viver, longe deste lugar que, embora me tenha ensinado tanto, já não me representa. Não estou fugindo do que vocês fizeram ou deixaram de fazer; estou, simplesmente, buscando ser quem eu fui destinada a ser."*

Essas palavras, impregnadas de uma honestidade cortante e de uma tristeza contida, rompeu o silêncio. Dom Lauriano sentiu como se cada célula de seu corpo se agitasse em protesto, e os traços de preocupação se intensificaram. Dona Eunice fechou os olhos, permitindo que a emoção a invadisse, enquanto os irmãos, entre olhares dispersos, tentavam processar aquele anúncio que os atingia de forma tão inesperada.

Tais palavras pairaram no ar como uma força esmagadora. Dom Lauriano apertou levemente as mãos, como se quisesse aprisionar a própria inquietude e transformá-la em coragem. Dona Eunice, que sempre fora a fortaleza silenciosa da família, manteve o olhar fixo na filha, tentando compreender o que aquela decisão significava.

Sem interromper, Ângela continuou, e a cada palavra pronunciada, as feridas do passado e os anseios conflitantes transpareciam. Ela falou de sua necessidade de partir, de buscar uma vida em que pudesse ser, verdadeiramente, dona de si mesma, longe do peso que há muito lhe sufocava a liberdade.

> **Ângela:** > *"Eu não consigo mais suportar essa rotina. Não se trata de ingratidão, mas de um desejo profundo de me reencontrar, de deixar para trás os grilhões que me amarram. Eu preciso ir embora, buscar um novo caminho, mesmo que isso signifique enfrentar a dor do adeus."*

As palavras, intensas e cruéis em sua verdade, atingiram os corações dos presentes. Dom Lauriano, em meio a um turbilhão de pensamentos, refletia sobre os momentos vividos: todas as lutas diárias, os longos dias de trabalho sob o sol implacável, os sorrisos forçados e os olhares silenciosos de dor. Em seu íntimo, ele se perguntava se, de alguma forma, poderia ter feito mais para evitar aquela decisão.

– Em meio a lágrimas contidas, Dom Lauriano, com a voz quase inaudível, murmurou:

> **Dom Lauriano:** > *"Minha filha... o que te levou a tomar essa decisão? O que, em mim ou em nós, falhou para que você sinta que é preciso partir?"*

A pergunta pairou no ar com um peso insuportável. Ângela, tratando de encontrar em si a coragem para responder, pausou por alguns instantes. Seu olhar oscilava entre o medo e a determinação, e ela finalmente respondeu:

> ***Ângela:*** > *"Pai, não se trata de algo que vocês tenham feito de errado. Eu simplesmente não consigo mais conviver com as cicatrizes deste lugar. Carrego em mim velhas*

*dores que já não me deixam respirar. Não é uma falta de amor –
é um anseio pelo futuro, por um recomeço onde eu possa, pelo
menos, descobrir quem realmente sou."*

Dona Eunice, com seus olhos marejados, sentia em
cada fibra do ser o peso dessa revelação. Ela lembrava das
inúmeras vezes em que a família enfrentara perdas dolorosas, das
partidas precoces que deixaram um vazio que jamais se preencheu.
Ainda assim, parte dela compreendia o anseio de Ângela de buscar
um novo horizonte. Em um tom que misturava ternura e
resignação, ela murmurou:

> **Dona Eunice (suavemente):** > *"Minha querida,
se esse é o caminho que você escolheu, saiba que meu amor é tão
profundo que, mesmo que nossos corpos se distanciem, você
sempre fará parte de mim. Mas, por favor, entenda que toda essa
mudança também nos fere. Cada adeus é uma ferida que tardará
a sarar."*

O clima na sala oscilava entre o desespero e a
esperança. Abelardo, que sempre fora o pilar da cautela, abriu a
boca para responder, mas logo se conteve – suas palavras,
carregadas de críticas e de um medo retumbante de perder o
enquadramento familiar, se perderam no tumulto interior que
invadiu sua mente. Antônio, por sua vez, permanecia em silêncio;
seu olhar, embora distante, denunciava a dor de quem sempre se
sentira o excluído, o caçula que guardava em seu peito um
ressentimento profundo – agora intensificado pela iminente
partida de sua irmã.

Dom Lauriano, com a voz trêmula, buscava reunir
seus pensamentos e expressar sua inquietude, e persistia em suas

indagações quase que repetitivas e perdidas, e insistentemente perguntava:

> **Dom Lauriano (com um tom de angústia):** > *"Minha filha, o que te levou a tomar essa decisão? Será que foi algo que fiz ou deixei de fazer? Sempre lutei para que vocês tivessem um pouco de luz, mas agora meu coração se enche de dúvidas. Como vou aguentar a ideia de te ver partir?"*

A pergunta pairava no ar, repleta de um misto de amor paternal e de um medo que muitas vezes é incapaz de ser traduzido em palavras. Ângela, encarando os olhos do pai, buscava transmitir que aquilo não era um julgamento, mas sim uma necessidade vital. Com lágrimas silenciosas, ela respondeu:

> **Ângela (com voz embargada):** > *"Pai, não é culpa sua. É apenas que meu coração não encontra mais repouso aqui. Eu preciso me reencontrar, buscar um sentido que vá além deste lugar e dessas cicatrizes cotidianas. Eu peço que me perdoe, mas eu tenho que seguir meu caminho."*

O silêncio se instalou novamente, agora mais denso, enquanto cada palavra se infiltrava nos corações. Dona Eunice, com lágrimas soltas, aproximou-se de sua filha e sussurrou:

> **Dona Eunice (com voz suave):** > *"Eu, minha filha, te amo com todo o coração. Se essa é a tua verdade, então prometo te apoiar, mesmo que doa ver você partir. Mas sabe que nossos laços são eternos, não importa a distância."*

O silêncio que se seguiu foi profundo e denso. Por alguns longos instantes, ninguém ousou interromper o fluxo de sentimentos que tomava conta do ambiente. Cada membro da família sentia a inevitabilidade de uma distância que se inaugurava naquele momento, enquanto o tempo parecia cessar para absorver o impacto da revelação.

Abelardo, consumido pela mistura de reprovação e preocupação, não conseguiu deixar de expressar sua inquietação:

> **Abelardo (em tom contido, mas com firmeza):**
> *"Você ainda é jovem, Ângela! Por que sair agora? Temos tantos desafios que, se nos unirmos, poderíamos encontrar uma saída juntos. Fugir pode parecer o caminho mais fácil, mas deixará feridas que talvez nunca se curem."*

Antônio, com os olhos baixos, permaneceu calado, mas seu silêncio falava alto – carregava nele uma mágoa antiga e um ressentimento que se agia silenciosamente, como uma ferida que jamais seria bem selada.

As palavras de Ângela ressoaram no ambiente com força devastadora. Aos poucos, os rostos de Dom Lauriano e de Dona Eunice se ondulavam entre a tristeza e a resignação. Eles sabiam que aquele era um caminho solitário que a filha escolhera trilhar, mesmo que o preço fosse a ruptura de um lar que sempre fora abrigado pelo afeto e pela tradição.

Enquanto o tempo parecia se arrastar naquele momento de revelação, cada um dos presentes se recolheu em pensamentos profundos. Dom Lauriano, com o olhar perdido, pensava em cada dia passado, em cada suor derramado na lida do campo, e se perguntava se conseguira, de alguma forma, sem querer, criar em sua filha o desejo de partir. Dona Eunice, com o coração apertado, lembrava dos dias em que, como jovem, também sonhara com a liberdade, mas que, por tantas circunstâncias, se viu forçada a permanecer. Era como se os fantasmas do passado estivessem voltando para cobrar seu preço.

Enquanto a noite se instalava e a tensão começava a dar lugar a uma amarga calmaria, cada membro da família se retirava para seus recantos, carregando consigo o peso daquele anúncio que havia mudado, para sempre, o rumo de suas vidas. Para Ângela, a decisão estava tomada – e, embora o medo ainda fizesse cócegas em seu peito, ela sentia que, finalmente, daria o primeiro passo rumo à liberdade almejada.

A Tensão que Transparece na Rotina

Nos dias que se seguiram, a casa se encheu de um silêncio reflexivo. Dom Lauriano passava horas diante da lareira acesa, onde o calor do fogo tentava, em vão, aquecer não só o corpo, mas o espírito marcado por dúvidas e angústias. Cada crepitar das brasas trazia à tona memórias do tempo em que ele sonhara com a glória dos campos, antes de se ver impotente diante das circunstâncias da vida. Em pensamentos, ele se perguntava se algum dia seria capaz de aceitar, plenamente, que a filha escolhesse um caminho diferente – se sua partida não seria, de fato, um reflexo inevitável de tudo o que haviam vivido.

Dona Eunice, por sua vez, refugiava-se em longas conversas com as amigas da vizinhança, tentando encontrar consolo nas palavras repetidas que lembravam os tempos de sua juventude e dos amores que diluíram os dias de solidão. Ela sabia que a decisão de Ângela era dolorosa, mas, ao mesmo tempo, compreendia a importância de permitir que cada um seguisse o seu próprio rumo, ainda que isso implicasse romper com tradições consolidadas durante décadas.

Em uma dessas tardes, enquanto remexia as ervas no quintal, Dona Eunice se lembrou com nitidez da voz de sua mãe, Dona Glória, que outrora lhe dissera:

> *"Às vezes, minha filha, é preciso que o vento leve embora o que nos pesa para que possamos sentir a brisa da liberdade. Mesmo que doa, há momentos em que deixar ir é o único caminho para crescer."*

Essas palavras penetravam em sua alma como remédios amargos e necessários, e ela se viu dividida entre o orgulho de ver sua filha perseguir seus sonhos e a dor de imaginar uma casa vazia, onde os risos complicados e as pequenas brigas diárias dariam lugar a longos silêncios que jamais se preencheriam.

Enquanto isso, Ângela, agora com o coração inflamado de um misto de coragem e melancolia, iniciava os preparativos para a jornada que a separaria daquele lar. Em seus momentos de introspecção, ela relembrou os dias de sol e sombra que marcaram sua infância – os sussurros da brisa nos campos, as promessas contidas nos gestos de amor de seus pais, e os conflitos que transformaram suas noites em longos debates internos. Cada pensamento era um passo em direção ao desconhecido, cada suspiro uma preparação para a inevitável partida. Com o anúncio feito, e vários dias seguintes, o clima familiar também foi assumindo um tom de ansiedade contínua.

Dom Lauriano, que já estava acostumado a enfrentar as dores do trabalho e as intempéries de um destino implacável, agora se via atormentado por pensamentos que fervilhavam dentro dele em meio a noites insones. Seu velho chapéu de palha, que tantas vezes servira de proteção contra o sol inclemente, parecia agora carregar a metáfora de uma barreira que não podia segurar o tempo que avançava. As gotas de suor que escorriam pelo seu rosto se misturavam com a angústia de pensar em um futuro sem a presença constante da filha. Em momentos de solidão, ele se recordava de diálogos passados – das palavras de consolo que ofereciam breves respiros de esperança, mas que agora soavam ineficazes diante do turbilhão de sentimentos.

Dona Eunice, por sua vez, tentava manter a compostura, mas seus olhos, que tantas vezes brilhavam com a doçura de um afeto incondicional, agora refletiam a inquietude de ver a própria filha preparada para partir. Em suas noites solitárias, ela relembrava a juventude passada e os momentos em que, com o lenço florido azul e branco cuidadosamente ajustado, ela se sentia invencível. Aquela imagem, agora, era um paradoxo – ela mesma e sua filha, ambas divididas entre o mundo que as moldou e o mundo que almejam conquistar.

Enquanto o ambiente de casa se enchia de uma tensão quase palpável, os irmãos – Abelardo e Antônio – se viam em meio a intensos conflitos internos. Abelardo, com sua natureza prudente, sentia que estava prestes a perder o controle de uma ordem que sempre acreditou ser a chave da sobrevivência. Ele lutava com as críticas internas e com a ideia de que talvez, se

Ângela partisse, o equilíbrio familiar se quebraria irremediavelmente. Antônio, que sempre carregara em seu peito o peso do ressentimento, agora encontrava no silêncio uma forma de gritar sua dor, mas sem a coragem de confrontar diretamente a irmã.

Em longos momentos de conversa entre irmãos, as palavras se tornavam pontes frágeis de entendimento – tentações de conciliação que se perdiam entre acusações veladas e silêncios acusatórios. Uma tarde, ao ajudar na organização da casa, Abelardo não pôde conter um comentário, ainda que murmurado:

> **Abelardo (em tom severo e com o olhar tenso):**
> *"Você sabe bem que as coisas aqui sempre funcionaram, mesmo com nossas dificuldades. Por que agora, com tantos problemas, você decide fugir como se os desafios pudessem desaparecer com um simples adeus?"*

Antônio, que escutava ali com amargura, permanecia calado, mas o silêncio dele falava mais alto que qualquer palavra – uma lembrança amarga de momentos passados em que se sentira rejeitado, o que agora se agravava com o iminente abandono.

Para Ângela, aquelas palavras jaziam como fantasmas do passado e, simultaneamente, reforçavam a certeza de que a sua decisão, embora dolorosa, era a única forma de resgatar a essência de sua própria existência. Ela sabia que, de algum modo, aquele grito de liberdade faria com que cada um deles se confrontasse com suas próprias limitações e, esperançosamente, aprendesse a lidar com a dor da mudança.

Ela se preparava, mesmo que em segredo, para reunir forças que, por tanto tempo, estiveram contidas em seu íntimo. Em seus cadernos, anotava não apenas detalhes práticos – planos, rotas e economias – mas também versos que traduzissem seu desejo de se libertar e de encontrar, finalmente, a si mesma numa nova cidade onde cada rua pudesse ser o palco de um recomeço.

> *"Adeus não é somente uma palavra, é o início de um voo. Se o vento me levar, que ele leve também as mágoas, e que onde eu pouse, floresça o novo." >* > escreveu ela, repetindo consigo mesma como um mantra uma e outra vez.

O Alvorecer dos Últimos Dias Antes da Partida

À medida que novembro avançava para seu fim, os preparativos se aceleravam. Ângela distribuía a cada dia pequenos gestos que, à primeira vista, pareciam normais – ajudar em afazeres, participar das conversas familiares, sorrir mesmo que seus olhos carregassem um brilho melancólico – mas, em seu íntimo, sua mente ensaiava o anúncio que mudaria o curso de tudo.

Ela passava longas horas reescrevendo o que diria, buscando encontrar nas entrelinhas a delicadeza necessária para não arremessar uma bomba que poderia desmantelar os frágeis alicerces que sustentavam a família. Em seu diário, entre linhas de tinta ligeiramente borrada pelas lágrimas que caíam discretamente, ela registrava cada pensamento.

> *"Hoje sinto que o tempo se faz desigual. A liberdade me chama com uma força que não posso ignorar. Sei que minhas palavras causarão dor, mas também acredito que há uma verdade que precisa ser vivida. Preciso caminhar rumo a um destino novo, mesmo que isso signifique enfrentar o luto antecipado da nossa união familiar."*

Essas anotações eram, para ela, a preparação de uma alma em conflito – uma jovem que se via dividida entre o sentimento de pertencimento e o anseio por se reinventar, por ser, enfim, protagonista da própria história.

A Partida

Com o passar dos dias, e a decisão de Ângela já consolidada e comunicada. Em uma manhã de novembro, com o céu cinzento e o ar impregnado de uma tensão que parecia sair das entranhas da terra, ela finalmente anunciou à família, que com muito pesar, partiria imediatamente.

Os rostos se transformaram num mosaico de surpresa, ansiedade e angústia. Dom Lauriano, com os olhos arregalados e a testa franzida, não conseguia esconder a inquietude que o consumia. Suas mãos, trêmulas pelo cansaço físico e emocional, apertavam o velho chapéu de palha como se aquela fosse a última ferramenta para segurar o tempo.

> **Dom Lauriano (num suspiro carregado de medo e amor):** > *"O que faremos, minha filha? Como poderão nossos caminhos se separar tão de súbito? Você... você é o nosso futuro, mas também nossa esperança, e agora temo que a ausência de seus passos aqui seja o prenúncio de uma solidão que nunca se cure."*

Dona Eunice, com os olhos marejados, tentava encontrar no interior de si a força para assentir e consolar tanto o marido quanto a própria filha. Ela sabia, como ninguém, que aquele anúncio era o desdobramento de uma vontade que se formara em seus silêncios e em seus sonhos noturnos. Ainda assim, a dor do adeus fazia seu coração bater com uma intensidade que a lembrava de todas as vezes em que ela mesma desejar ter partido, se pudesse mudar o rumo das coisas.

> **Dona Eunice (com voz suave e trêmula):** > *"Minha querida, se essa é a tua verdade, prometo que, apesar da distância, meu amor te acompanhará sempre. Mas me diga, o que te levou a essa decisão tão repentina? O que vejo nos teus olhos é a chama da liberdade, mas também o reflexo de uma dor que talvez possamos conversar um pouco antes de você partir."*

Neste turbilhão, Ângela buscava articular, em meio ao caos de sentimentos, a razão de sua decisão. Ela explicou, com a voz firme, mas onde se notava a vulnerabilidade, que não suportava mais viver naquela constante repetição dos dias, aquele ciclo de dor e resignação. Que, para ela, a partida não era somente uma fuga, mas o começo de uma jornada em busca de autoconhecimento e de um novo espaço onde pudesse se sentir viva, plena e livre para ser quem realmente desejava ser.

> **Ângela (com lágrimas contidas, mas decidida):**

> *"Eu sinto que, se permanecer aqui, continuarei absorvendo as mesmas mágoas, as mesmas decepções que me tornam prisioneira de um passado que não consigo mudar. Quero viver, respirar, sentir que posso renascer a cada amanhecer. E esse chamado para partir, mesmo que doloroso, é o grito de uma alma que já cansou de se sentir refém. Eu já os havia comunicado tudo, e passou-se muitos dias, e ainda estou aqui, pois não tive coragem de agir. Mas, agora chega, preciso tomar atitudes e decisões práticas, concretas e objetivas. E hoje decidi que a hora chegou, e hora de ir..."*

Ao expor tais palavras, o clima na sala transformou-se num turbilhão de emoções intensas. O coração de Dom Lauriano parecia quase estourar com o peso de tantas dúvidas e de tanto amor – ao mesmo tempo, ele se via incapaz de reter a filha, ainda que a dor de vê-la partir o dilacere por dentro. Dona Eunice fechava os olhos, lembrando dos momentos felizes e também das intermináveis lutas que os mantiveram juntos.

Cada membro da família, presente ou ausente, ouvia, no silêncio do recinto, o eco de uma liberdade que se declarava com a força de um adeus que não pode ser desfeito. Era como se o próprio tempo decidisse, naquele instante, lançar um desafio: que as feridas, por mais profundas que fossem, se transformassem num caminho para o recomeço.

Dom Lauriano e Dona Eunice não se contendo com tamanho sofrimento, pediram ao menos para que Ângela fosse no dia seguinte, pois daria tempo para a família se preparar para esse "luto." Pois sua partida era uma perda, e irreparável. Sua filha compreendendo todo o contexto de seus pais, de suas vidas, dilemas e de seus sentimentos, assim concordou com eles.

O Amanhecer da Partida e a Esperança Distraída

Na manhã seguinte, o ar estava carregado de uma pressão que se fazia quase visível. Dom Lauriano e Dona Eunice, mesmo com os corações partidos, esforçavam-se para manter a compostura enquanto acompanhavam os preparativos finais de Ângela para a partida. Os primeiros raios de sol encontraram-na já com as malas semipreparadas, e sua expressão era de uma determinação que contrastava com o tremor em suas mãos – mãos que, por tanto tempo, haviam ajudado a cultivar a terra e a cuidar da família.

Enquanto os outros membros da família observavam, em silêncio, a jovem que partiria para um destino incerto, Dom Lauriano se aproximou e, tocando delicadamente o ombro de Ângela, murmurou:

> **Dom Lauriano (com voz embargada):** > *"Minha filha, vá e encontre o que te faz feliz. Ainda que doa, saiba que cada passo seu será uma vitória para nós. Nunca esqueça que este lar estará sempre aqui para te acolher, mesmo que os caminhos se separem."*

Dona Eunice, por sua vez, ofereceu um último abraço apertado, repleto de memórias e de todo o amor que acalentara os dias e as noites da família. Em seus olhos, brilhavam lágrimas que misturavam tristeza e esperança, como se ela desejasse que aquele mergulho na liberdade também trouxesse consigo a possibilidade de cura para as feridas que o tempo jamais havia conseguido selar.

Enquanto Ângela se afastava, carregando consigo a chama de um novo começo, os olhares se encontravam – os de Dom Lauriano, os de Dona Eunice, os de Abelardo e os de Antônio – e, por um breve instante, toda a dor e a incerteza se condensaram em um silêncio que falava de despedidas e de renovações.

O percurso rumo à cidade seria longo e incerto. Cada quilômetro percorrido refletia não somente a distância física, mas o abismo emocional que se abria entre o passado seguro e o futuro temido. Porém, naquele dia, mesmo com o coração apertado, havia uma centelha de esperança nos olhos de Ângela – a esperança de transformar o adeus em um recomeço.

O Refúgio que Ainda Resta e o Eco do Futuro

Meses se passaram desde aquele anúncio que abalara as estruturas da família. As feridas, como cicatrizes profundas, ainda permaneciam abertas em cada olhar, mas também traziam consigo a marca indelével de um amor que persiste. Dom Lauriano e Dona Eunice, agora acostumados à saudade, seguravam as lembranças de Ângela com a esperança de um reencontro futuro, enquanto os irmãos lutavam com os sentimentos contraditórios de orgulho, dor e, sobretudo, a inevitabilidade da mudança.

O anúncio de Ângela representava não apenas a partida de uma jovem em busca de autonomia, mas o prenúncio de um futuro onde cada membro da família seria desafiado a lidar com suas próprias fragilidades. Embora a decisão dela tivesse sido tomada com a determinação de alguém que já havia amadurecido além dos 18 anos, o impacto era profundo e irrevogável.

Cada amanhecer trazia consigo a promessa de que o adequado tempo se revelaria para que as mágoas pudessem, quem sabe, se transformar em aprendizado e que cada adeus fosse a semente para um novo recomeço. E, assim, mesmo que o gritar das dores fosse silenciado, os corações continuavam a bater com a força de uma família que, apesar de tudo, jamais deixaria de amar.

Enquanto Ângela seguia seu caminho, distante, mas sempre presente na memória dos que ficou, os laços familiares, frágeis e eternos, continuavam a ser tecidos com os fios da esperança e da dor. O futuro permanecia, por enquanto, envolto em incerteza – uma página em branco, pronta para ser escrita com os batimentos de corações que se recusam a desistir, mesmo quando o destino se mostra implacável.

E assim, com os ecos das despedidas ainda ressoando na casa, a família se preparava para enfrentar um novo ciclo, onde cada escolha seria uma oportunidade para reescrever as regras do amor e da liberdade. Dom Lauriano e Dona Eunice, mesmo diante dos temores e das lágrimas, sabiam que, de algum modo, o laço de sangue nunca se extinguiria – e que, mesmo separados pela distância, o amor verdadeiro sempre encontraria um meio de florescer, como a esperança discreta que sempre apareceu nos dias mais sombrios.

O sono e sonho profundo das angústias, como prenúncios e repletos de "Déjà Vus"

Dona Eunice profundamente preocupada, tenta despertar sua filha que adormecia como nunca antes havia acontecido, e muito aflita sacudindo Ângela, sussurrava:

(Dona Eunice) > "Ângela, Ângela! Acorde, minha filha! Acorde, Ângela... O que você tem, minha filha?"

Ângela havia adormecido naquela madrugada entre seu aniversário que ficara para trás, e o dia da comunicação de sua partida que se anunciava na suposta manhã do dia seguinte, imersa numa espécie de transe profundo e tensão, onde o tempo parecia se diluir em uma sinfonia de memórias e presságios. Quando o sono finalmente cedeu lugar à consciência, a tênue luz do amanhecer invadia seu quarto, e ela despertou com sua mãe a acordando com grande inquietude, e com a sensação perturbadora de que tudo o que vira e que fora vivido no dia anterior era, ao mesmo tempo, real e etéreo, como se todo o episódio, cenário e eventos acontecidos durante sua discussão familiar—assim como cada olhar angustiado, cada lágrima silenciosa e cada palavra de despedida recheada de dor e resignação, após seu aniversário e da comunicação de sua partida—fossem um eco distante, uma repetição metafísica de um sonho premonitório que se desdobrara na vastidão de sua mente. Tudo enquanto dormia sobre uma poderosa e angustiante tensão e estresse.

No limiar dessa nova aurora, Ângela sentiu que o período de tensão e confrontos familiares que marcaram seu aniversário e pós aniversário, não eram um simples relato de despedida, mas sim um prenúncio, uma espécie de portal que a transportava para uma nova dimensão onde o passado e o futuro se entrelaçavam em uma dança misteriosa. Durante longas horas de sono profundo, sua mente havia sido palco de um espetáculo quase surreal, onde cada cena—desde a agonia sentida ao anunciar sua partida até a inevitável sensação de que os rostos de seus entes queridos se perdiam em uma névoa de melancolia e aceitação— reaparecia com nuances variadas, ampliadas e recontextualizadas, como se cada detalhe tivesse ganhado nova luz e significado, conferindo-lhe o sabor agridoce de um déjà vu que insistia em repetir, revelando segredos velados sobre a essência de sua existência.

Essa experiência onírica apresentava-se como um fluxo contínuo de imagens e emoções, uma narrativa interna sob as pressões sofridas que, apesar de revestida com a aparência de um sonho, carregava a firme convicção de uma verdade irrefutável, sugerindo-lhe que cada palavra proferida, cada gesto hesitante e cada silêncio carregado de pesar formulava um panorama mais amplo de seu destino iminente. Ao emergir do sono, Ângela percebeu que a tensão e a dor que invadiram a despedida não eram meros eventos isolados e lineares, mas sim fragmentos de um cenário maior, como se sua jornada de emancipação estivesse inscrita nas dobras do tempo, aguardando o exato momento de se revelar totalmente, num entrelaçamento místico em que o real e o imaginário se fundiam em uma maré de sensações intensas. Em seu íntimo, uma convicção irrefutável começava a pulsar, como se os fragmentos do sonho tivessem lhe sussurrado que a verdadeira mudança não aconteceria apenas ao abandonar o lar físico dos seus pais, mas também ao romper com as amarras psicológicas que a prendiam ao conhecido, abrindo caminho para uma existência onde a dor e a nostalgia se transformariam em combustíveis para a renovação e o autoconhecimento.

Essa sensação de déjà vu, que a acompanhava com a persistência de uma melodia antiga, agia como um lembrete silencioso de que a jornada para a cidade, para as novas oportunidades e para a construção de sua própria história, já havia sido vislumbrada nas mais profundas câmaras de sua alma, marcando o início de uma transformação gradual onde cada emoção, por mais aguda e penetrante que fosse, carregava em si a semente de um renascer. Ângela sentia, com cada batida de seu coração sob angústias, e ainda embriagado pelo resquício do sonho, que havia uma correlação simbólica entre aquele sono prolongado e o renascer que se anunciava, como se o universo, em sua complexa sabedoria, tivesse escolhido o exato instante em que ela se entregasse às mãos do destino para revelar, em flashes e metáforas, o caminho a ser seguido e os desafios que aguardavam.

Em meio a essa torrente de imagens, vislumbres do passado se misturavam com a projeção do futuro, criando uma tapeçaria de sentimentos em que a despedida sofrida se fundia com a esperança contida na promessa de um novo começo, e cada instante de angústia se convertia em um sinal de que a vida reservava algo muito maior do que o mero ato de partir. A intensidade com que cada sensação lhe atravessava o seu ser, era tamanha que, por instantes, Ângela quase podia tocar o intangível e intangível, sentindo como se os ecos dos gritos silenciados no lar familiar se transformassem em murmúrios reconfortantes de coragem e determinação, incentivando-a a deixar para trás não apenas as paredes da fazenda, mas também as dúvidas e os medos que, silenciosamente, moldavam seu espírito.

Assim, naquele despertar, sua alma reconhecia que o sonho, com seus contornos tênues e fragmentados, era mais do que uma fuga do sofrimento: era uma revelação, uma chance de reorganizar as peças dispersas de sua vivência, de imprimir, naquele momento de clareza pós-sono profundo, tenso e intenso, uma nova ordem e um novo propósito à sua existência, onde a dor era apenas a porta de entrada para a descoberta de uma liberdade que, embora repleta de incertezas, prometia acender a chama de uma transformação profunda e duradoura. Consciente de que as horas da noite haviam tecido num véu de símbolos e insights um roteiro para o futuro, Ângela compreendeu que aquele período de repouso não era um simples intervalo, mas o prelúdio de um capítulo inédito, onde a memória do passado—repleta de tensões, despedidas e emoções intensas—se transformava em um sonho vívido e quase palpável, capaz de indicar o caminho para a cidade e para as oportunidades que, inevitavelmente, se manifestariam.

Nesse instante, o despertar se fazia não apenas como um retorno à vigília, mas como uma ressurreição interior; cada imagem, cada sensação daquele sono prolongado pulsava com a certeza de que a jornada que estava para iniciar era, na verdade, uma continuidade de tudo o que ela já tinha experimentado, uma história em que o presente e o passado se entrelaçavam de maneira indissociável, criando um ciclo eterno de recomeços e despedidas, onde o sonho não era apenas um refúgio, mas a mais real das revelações e o primeiro passo rumo a um destino repleto de incontáveis promessas."

E isso a deixou profundamente temerosa e em total espanto, mas não a desanimou de suas convicções e buscas... Tudo fora apenas um terrível, angustiante e profundo sono e sonho...

Após aquele despertar marcado pelo déjà vu e pela intensidade dos sonhos premonitórios, Ângela se levantou com uma mescla de leveza, preocupação e pesar, como se cada fibra de seu ser carregasse as memórias do que fora vivido na noite anterior e, ao mesmo tempo, a expectativa do que o novo dia traria. Ainda com os olhos marejados de vestígios de um sonho que se desdobrara em imagens e presságios, ela vestiu sua roupa simples – já impregnada do aroma da terra e do suor dos dias anteriores – e saiu de seu quarto para abraçar a rotina que, invariavelmente, lhe servia de refúgio e de elo com o mundo que conhecia. Ao adentrar o ambiente vasto e silencioso do amanhecer, o campo se apresentava como uma extensão de sua própria alma, repleta de histórias escondidas que se misturavam às folhas, aos brotos e ao murmúrio do vento. Cada passo na direção da lavoura era, para Ângela, um ritual de reconexão: os primeiros raios de sol banhavam a paisagem em tons dourados, enquanto o orvalho fresco e a brisa suave lhe lembravam que a terra, apesar de suas cicatrizes e da aspereza dos dias, abrigava em si a promessa de renovação e transformação.

Enquanto caminhava devagar pelos caminhos ainda úmidos da madrugada, a lembrança do sonho persistia como um sussurro interno, trazendo à tona sensações de déjà vu que se confundiam com a realidade habitual de seu cotidiano. O labor na lavoura, com a repetição ritmada dos gestos que a faziam plantar, arrancar ervas daninhas e ajeitar a ordem dos canteiros, era também uma metáfora da vida: um contínuo reiniciar onde cada ação minuciosa permitia-lhe cultivar não só a terra, mas também a esperança de um novo recomeço. As mãos calejadas, acostumadas ao trabalho rústico, moviam-se com precisão e, quase que instintivamente, enquanto o aroma terroso se fundia ao som distante de aves e ao farfalhar das folhas, ela se sentia ancorada àquele ritual diário que, embora simples, reacendia nela a chama da resiliência. Cada gesto era carregado de um misto de nostalgia e coragem, onde os traços de um passado dolorido se entrelaçavam com a determinação silenciosa de construir uma história diferente, longe dos limites que a confinavam.

No decorrer da manhã, conforme o sol avançava no céu e os tons da aurora davam lugar a uma luminosidade intensa, Ângela dedicava-se com afinco aos afazeres que a terra impunha. A cada semente que pousava no solo, havia um quase imperceptível aceno, como se a própria natureza incentivasse a transformação daqueles grãos em promessas de futuros brotos, e cada punhado de terra removido das raízes indesejadas parecia simbolizar a necessidade de deixar para trás o que a prendia ao passado. Aos poucos, o campo se revelava como um espelho de sua própria existência – um terreno onde a paciência era cultivada, a persistência enraizada e onde, mesmo diante dos desafios, a semente da esperança insistia em germinar. Enquanto seus dedos percorriam os traços das folhas e cada movimento era executado com a precisão forjada por anos de convívio com a natureza, Ângela reconectava-se com a essência de sua identidade, sentindo que o labor físico era, na verdade, um diálogo silencioso entre o que ela era e aquilo que aspirava ser.

Contudo, em meio a essa dança entre o presente tangível e as reminiscências intangíveis do sonho que a visitara, surgia um leve desconforto, um pressentimento de que os contornos seguros da fazenda estavam prestes a sofrer uma ruptura. A terra, com sua beleza rústica e sua integridade aparentemente inabalável, começou a refletir em seus detalhes as marcas de tensões latentes. Cada folha, cada enlevo entre as pedras e cada respingo de suor que escorria do rosto de Ângela carregava também o sinal sutil de que a calmaria do campo poderia, por um breve instante, ser quebrada por uma tempestade interna – uma tempestade familiar que, embora ainda por se revelar em toda sua força, parecia já se formar nas sombras dos olhares e nas palavras não ditas que habitavam o lar. Essa inquietude se fazia sentir com a mesma intensidade de uma nuvem que, mesmo distante, anuncia a chegada de um temporal; e, mesmo no meio da tão imersiva rotina de cuidar da terra, Ângela notava que o universo pessoal que ela carregava dentro de si estava, silenciosamente, a alinhavar o prelúdio de conflitos maiores.

Enquanto o dia se desdobrava, a atividade no campo tornava-se um contraponto entre o tédio da repetição e a efervescência das memórias que insistiam em emergir a cada instante. Em momentos de pausa, ao olhar os vastos horizontes ondulados pela luz do sol e os delicados movimentos das sombras projetadas pelas árvores, ela deixava que seus pensamentos se derramassem por entre os cantos de sua mente. Ali, envolvida pela imensidão do ambiente natural, Ângela recordava os rostos de seus familiares, os sorrisos e as lágrimas, e percebendo que cada gesto e cada palavra trocados no lar guardavam uma carga emocional complexa, reconhecia que o simples ato de cuidar da lavoura era, de certa forma, uma tentativa de domar ou, ao menos, compreender aquele estalo vibrante que se alastrava por dentro dela. Pois, em meio à simplicidade dos afazeres diários, havia uma tentativa inconsciente de encontrar ordem no caos, uma forma de transformar a dor contida em cada despedida, de cada olhar apertado, em força e disciplina para enfrentar o que estava por vir.

O movimento rítmico da enxada, o tilintar dos utensílios e o murmúrio constante da natureza componham uma sinfonia silenciosa que adotava o compasso dos batimentos de seu coração, enquanto Ângela seguia adiante, tijolo por tijolo, reconstruindo a ponte entre o que fora deixado e o que ainda se apresentava como um porvir incerto. Sua presença, serena e determinada, ilustrava a dualidade da existência: por um lado, a segurança e a familiaridade do trabalho que, quase como um ritual sagrado, reintegrava seu espírito à rotina do campo; por outro, a inquietude e o chamado para algo muito maior – uma existência que, embora repleta de desafios, prometia libertar a jovem dos grilhões do conformismo. Assim, o labor no campo tornou-se uma espécie de meditação ativa, onde cada gesto reciclava a energia dos desatinos passados e a transformava na convicção de que a mudança, mesmo que gradual, era inevitável e necessária.

Enquanto o dia se fazia mais quente e as sombras se curvavam diante da luz cada vez mais intensa, Ângela sentia que, a cada tarefa concluída, plantava também as bases para o próprio renascimento. Certas vezes, interrompida por um instante para esfregar os olhos ou simplesmente para admirar a riqueza da terra sob seus pés, ela se pegava refletindo sobre a estranha dualidade que a envolvia: a quietude serena do campo contrastava com a tempestade silenciosa que se agitava em sua alma, aquela tempestade familiar que se delineava discretamente, como se cada pequeno gesto, cada semente lançada ao solo, carregasse um traço do que viria a ser. E, nesse cenário de contrastes e metáforas,

Ângela compreendia que o labor diário não era somente a manutenção de uma rotina antiga. Era, acima de tudo, um processo de preparação interna, um ensaio para o embate que se anunciava – um embate em que as tensões entre o rumo que ela almejava e as amarras do passado se encontrariam e exigiriam uma transformação profunda, uma reconciliação entre o desejo de liberdade e o laço inquebrável da família.

Enquanto os campos se estendiam diante dela, imensos e silenciosos, a jovem trabalhadora sentia que cada minuto de dedicação à terra intensificava a calma antes da tormenta, a última preparação para a inevitabilidade do confronto que se aproximava. O toque suave da brisa que agitava as folhas e o calor que diluía as sombras pareciam sussurrar segredos que só o tempo poderia revelar, segredos esses que aguardavam o momento certo para se manifestarem em voz alta na própria dinâmica do lar. E assim, com essa consciência pulsante em seu íntimo, Ângela seguia seu caminho na lavoura, insculpindo em cada gesto a certeza de que, embora o futuro reservasse desafios imperceptíveis, ela estava preparada para transformar cada gota de suor e cada movimento cuidadosamente executado em uma alavanca que a impulsionaria para além dos limites estabelecidos – rumo a um novo destino, onde o reencontro com sua essência se fazia transparente, mesmo que, por ora, os contornos da tempestade familiar ainda estivessem por se delinear completamente.

Capítulo VIII – O Início da Tempestade

A Revelação que Abala os Alicerces

Era dia 20 de novembro, e o relógio já marcava mais de 20h quando, na penumbra da sala de estar daquela casa simples e carregada de histórias, os membros da família se reuniram em torno de uma mesa de madeira antiga. As luzes oscilavam suavemente, projetando sombras que pareciam dançar no ritmo dos sentimentos contidos. O clima era denso, impregnado de uma antecipação que ninguém ousava explicar em voz alta. Isso porque tais angústias e tensões ecoavam desde os dias anteriores, e sobretudo, desde o dia do aniversário de Ângela, em 19 de novembro. Onde ela como numa espécie de premonição, transcendência, visões e de déjà vus, havia sonhado com aquela tempestade familiar, real ou imaginária, ela precisa ser encarada.

E então, a tempestade se iniciou...

No centro daquele cenário, Ângela ergueu a voz para romper o silêncio que, até então, parecia ser a própria respiração contida do lar. Com um olhar que misturava determinação, dor e uma vulnerabilidade incontestável, ela começou:

> **Ângela:** > *"Querida mãe e pai, meus irmãos também muito queridos, eu queria lhes contar hoje muitas coisas boas e, infelizmente, algumas muito ruins, tristes e dolorosas para*

mim. Mas não posso dizer tudo, por vários motivos e possíveis consequências."

> **Ângela:** > *"Pai, Mãe, Abelardo, Antônio... nunca escondi de vocês que desejava sair daqui, ir embora algum dia. Sempre senti que naquela casa havia algo que me impedia de ser verdadeiramente livre. Não consegui estudar direito, mal aprendi a ler e a escrever, – e toda essa aprendizagem, embora pequena, só foi possível graças a mãe, que com infinita paciência me ensinou o que pôde."*

Tais palavras, entregues com uma sinceridade que parecia arrancar a alma, atingiram o ambiente com a força de um trovão. O silêncio que se seguiu foi absoluto, cortante, como se as paredes da casa tivessem absorvido o peso de cada sílaba.

E após um breve silêncio carregado, Ângela fez uma pausa breve, e os olhos de todos se fixaram nela, buscando compreender o sentido de cada palavra. Assim como os olhos dela, também se direcionou para cada um deles. A voz dela, embora firme, carregava o peso de anos de frustrações silenciosas, e retomou:

> **Ângela:** > *"Quero que fique claro, que não culpo Abelardo em nada pela minha decisão de ir embora, sei que ele também aprendeu com a mãe e o pai a ser como é e o que pode, mas de forma diferente de mim. Antônio, entendemos suas limitações – e ele encontra beleza no que desenha e pinta. Pai, sei de todo o seu esforço para nos criar, alimentar e dar um teto, e não te julgo, nem desejo ferir você com palavras. Mas eu quero ir embora... Quero sair daqui, partir em paz, de cabeça erguida e*

com a benção de vocês, sem a ideia de jamais retornar, salvo para visitá-los, quando talvez o coração pedir."

O anúncio pairou no ar de forma abrupta. Dona Eunice, sempre a matriarca que carregava em seus olhos a esperança e também o cansaço de uma vida de luta, olhou para a filha com uma expressão de apreensão. Em seu rosto, misturavam-se a dúvida e um temor sutil de que, talvez, ela não tivesse feito o suficiente, ou quem sabe, tivesse omitido algo que agora se expressava por meio daquelas palavras enigmáticas.

Sem perder o compasso, ela desviou o olhar para os dois filhos presentes, como se quisesse compartilhar silenciosamente uma indagação muda com Dom Lauriano – o pai, cuja silhueta, já tão marcada pelo trabalho e pelo tempo, passava agora acrescida de inquietação. Os irmãos, Abelardo e Antônio, abaixaram a cabeça, confusos e apreensivos, pois até então, a vida de Ângela sempre fora revestida de uma naturalidade que jamais sugerira a existência de segredos tão pesados.

Dom Lauriano, com gestos automáticos e o velho chapéu de palha que tantas vezes fora seu amuleto contra o calor e contra a dureza da vida no campo, apenas franziu a testa e, meio desnorteado, retirou e colocou novamente o chapéu. Ele parecia pensar em voz baixa, os olhos fixos na filha, como se quisesse, através do olhar, perguntar:

> *"O que está acontecendo? Como pôde surgir tanta angústia em tais palavras?"*

Mas ele se conteve, preferindo observar e deixar as palavras fluírem.

Dona Eunice, angustiada, foi a primeira a quebrar aquele silêncio. Seus olhos, que tantos segredos já haviam presenciado, se arregalaram em busca de respostas e, com a voz entrecortada, indagou:

> **Dona Eunice:** > *"Minha filha, alguém te fez alguma coisa? Me diz, por favor... O que está acontecendo? Por que essas palavras tão duras?"*

Dom Lauriano, num gesto de preocupação sincera e de uma vulnerabilidade improvável para aquele homem acostumado aos rigores do campo, interrompeu o murmúrio que parecia nascer dos recantos de seu ser:

> **Dom Lauriano (com voz trêmula e engasgada):** > *"Olha, Ângela, eu sei que talvez eu não tenha sido o pai perfeito, mas... nós sempre soubemos que você não se sentiu bem aqui... Que você sempre quis mais. Sua mãe e eu fizemos o que pudemos, nunca te puxamos para trás, nunca tentamos desanimar os seus sonhos..."*

Enquanto ele falava, Dona Eunice, com uma firmeza maternal que desafiava o caos interno, interveio num tom quase maternal:

> **Dona Eunice:** > *"Minha filha, me conte, o que foi? Você está... você está grávida? Se for, nós não iremos te julgar. Não esqueça que muitas mulheres na nossa família passaram por isso ainda jovens, se for isso, é normal para nós. Conte para mim, o que aconteceu? Alguém te ofendeu?"*

A pergunta, tão embutida de preocupação quanto de incredulidade, fez com que Ângela, com um leve traço de aspereza na voz – como se o cansaço das hesitações finalmente se impusesse – respondesse:

> **Ângela (com firmeza e um brilho de impaciência):** > *"Não, mãe, eu não estou grávida. Nem sequer tenho namorado. A situação é complicada demais, e se eu contar tudo aqui, só piorará as coisas entre nós. Eu só quero ir embora, e espero que vocês respeitem minha decisão. Todos sabiam que este dia chegaria. Isso não é novidade para ninguém."*

Abelardo e Antônio, que até então mantinham o silêncio, apenas ouviam atentamente os detalhes que se desdobravam, cada um absorvendo a revelação à sua maneira. No ar, pairava a tensão dos silêncios entrecortados, onde o medo, o ressentimento e a angústia se misturavam, enquanto os olhares se encontravam em um misto de reprovação e tristeza.

Tais palavras pululavam no ar, os demais presenciais permaneciam em silêncio. Antônio, o caçula, reduzia-se a uma escuta absorta; seu olhar, distante, denunciava um adolescente que sempre se sentira alienado dos conflitos familiares, refugiando-se na arte e nos desenhos para expressar aquilo que não conseguia explicar com palavras. Já Abelardo, com seus 23 anos, era o que mais tem experimentado a angústia de ver a irmã partir, mas naquele momento escolheu apenas escutar, os olhos fechados, como se quisesse absorver cada nuance do que estava sendo dito.

O ambiente familiar estava agora imerso num turbilhão de emoções. Dom Lauriano fixou seus olhos em Ângela, sua expressão carregada de um misto de amor e perplexidade, como se dissesse sem palavras: *"O que foi, minha filha? Como chegamos a este ponto?"* Seu rosto, marcado por anos de lutas e esforços, agora se mostrava ainda mais vulnerável diante da revelação da filha.

Dona Eunice, com lágrimas que rolavam lentamente pelo seu semblante cansado, tentou articular a tristeza e a preocupação que lhe apertavam o coração:

> **Dona Eunice (suavemente, com voz embargada):** > *"Minha filha, nós te amamos tanto... Por favor, não nos deixe sem esta esperança. O que te magoou tanto para que desejes partir assim?"*

Dom Lauriano adicionou, com um tom que denotava tanto desesperança quanto vontade de entender:

> **Dom Lauriano:** > *"Eu... eu nunca quis te ver sofrendo tanto, minha menina. Sempre fizemos o melhor que pudemos. Mas, diga-me, o que aconteceu? Por que agora, tão de repente?"*

Aquelas palavras, carregadas de preocupações que berravam por respostas, fizeram com que o silêncio se aprofundasse, enquanto Ângela assumia o peso de suas próprias dores. Ela respirou fundo, seus olhos cintilando com uma mistura de raiva contida e tristeza inominável, e começou a expor, num fluxo de sentimentos que por anos foram engarrafados, o quanto aquela casa, aquele ambiente, a afligia.

> **Ângela (com voz firme, mas tremida):** > *"Pai, Mãe, eu sempre desejei sair daqui. Eu sonhei com a liberdade de um mundo em que eu pudesse ser quem realmente sou. Cada dia que passei aqui, senti minhas esperanças murcharem, como flores que não conseguem desabrochar em um solo seco. Não é culpa de ninguém – é a minha sede de viver de verdade, de respirar sem o peso de expectativas que me sufocam. Eu não deixo de amar vocês, mas eu preciso encontrar um caminho que seja meu, longe desse ciclo de amargura que insiste em me prender."*

Enquanto suas palavras ecoavam na sala e os olhares se encheram de uma mistura de preocupação e incredulidade, as lágrimas silenciosas rolavam discretamente pelo rosto de Ângela, como se cada gota levasse consigo um segredo antigo e indizível. O ar pesava com um misto de dor e mistério, e o suspense se aprofundava enquanto todos aguardavam, com o coração apertado, a revelação completa do que a havia levado a tomar aquela decisão irrevogável.

Enquanto Ângela pronunciava aquelas palavras, o ambiente parecia estremecer. O silêncio que se seguiu não era apenas a ausência de som, mas o som dos corações batendo descompassados, de memórias que emergiam e que, de repente, invadiam a sala. Dom Lauriano, com os olhos marejados, tentou conter a própria emoção, mas não pôde deixar de se lembrar de outras vezes em que Ângela havia demorado a expressar seus sentimentos, momentos esses que agora ganhavam contornos de reprovação silenciosa e de uma tristeza premente.

Em um instante de ruptura, Dona Eunice, sem conseguir conter uma onda de desgosto misturado à esperança, interrompeu o fluxo da conversa:

> **Dona Eunice (em um tom carregado de ternura e preocupação):** > *"Minha filha, conte-me: houve alguma coisa que fizemos, alguma omissão, que te fez sentir que não havia mais lugar para ti aqui? Algum segredo que te feriu tanto que agora você sente essa necessidade de partir?"*

Dom Lauriano, com a voz embargada pela angústia, acrescentou:

> **Dom Lauriano:** > *"Eu me pergunto se, de alguma forma, deixei de te dar o que precisavas para crescer. Se eu, pelo meu próprio cansaço, falhei em proteger seu espírito das dores deste mundo. Por favor, diga-me, não nos deixe no escuro."*

Um silêncio pesado se abateu sobre todos, e os olhares se entrelaçaram em uma dança de emoções não resolvidas. Abelardo desviava o olhar com um misto de reprovação e tristeza, enquanto Antônio permanecia como se o peso das próprias mágoas o fizesse desaparecer em seu próprio mundo.

Diante dessas indagações e questionamentos, as palavras de Ângela continuaram revelando não só o desejo de partir, mas também os recantos de suas frustrações e o acúmulo de feridas que jamais conseguiram cicatrizar:

> **Ângela:** > *"Eu sei que vocês sempre me amaram, mas a verdade é que eu carrego em meu coração cicatrizes profundas – dores que se formaram desde muito nova e que, aos poucos, me impediram de sonhar. A cada dia, as lembranças das dificuldades, dos olhares de desprezo, dos silêncios que se impuseram como muros, se incessantemente acumulam. Eu preciso de um tempo para curar essas feridas, e não posso fazê-lo*

aqui, onde tudo me lembra que estou presa em um ciclo que não consigo quebrar."

Enquanto as palavras de Ângela ecoavam, Dom Lauriano não disfarçava sua dor. Cada letra que saía da boca da filha parecia marcar uma fraqueza que ele jamais ousava admitir – a sensação de que talvez, de alguma maneira, tivesse falhado em ser o pilar de sustentação que ela necessitava. Ele olhava para ela com um misto de remorso e amor incondicional, seus olhos velhos tentando absorver o impacto de cada confissão.

Por seu turno, Dona Eunice segurava as mãos da filha, quase pedindo silenciosamente para que ela se deixasse envolver pelo amor que, apesar de todas as distâncias emocionais, sempre existira entre elas. Porém, mesmo em meio ao aconchego do abraço materno, Ângela demonstrava uma resolução implacável: partir e buscar um novo horizonte, onde pudesse finalmente encontrar a paz que tanto almejava.

Capítulo IX – Confrontos de Vozes e Silêncios

Com o anúncio já feito e os primeiros choques a penetrar os ânimos, a reunião familiar transformou-se num palco onde as emoções se confrontavam de maneira intensa. Aos poucos, Dom Lauriano e Dona Eunice tentaram intervir para mitigar a situação – mas as palavras se esbarravam na barreira do orgulho e do temor de perder o que lhes era mais precioso.

Dom Lauriano, com o semblante marcado pelo pesar, ousou perguntar novamente, em um tom que oscilava entre a firmeza e a fragilidade:

> **Dom Lauriano:** > *"Minha filha, por favor, explique-me... Será que em algum momento você se sentiu tão sozinha, tão magoada, que não viu outra saída? O que, em particular, te levou a desejar partir assim? Não nos deixe sem saber o que se passa dentro do seu coração."*

Enquanto isso, Dona Eunice, sempre sensível às nuances dos sentimentos, repetiu com insistência:

> **Dona Eunice:** > *"Conte-nos, minha filha. Nós sempre te amamos. Se há algo que te fere, por favor, abra seu coração. Porque às vezes, uma verdade, por mais dura que seja, pode ser o início da cura."*

Abelardo, que até então mantivera um silêncio contido, não pôde mais permanecer à margem. Com voz carregada de crítica, mas também de preocupação, ele se pronunciou em um tom quase acusatório:

> **Abelardo:** > *"Você sempre foi diferente, Ângela. Desde criança, demonstrava vontade de ir além, de escapar dessa mesmice que nos aprisiona. Mas, eu sempre achei que você esperaria – que deixaria as coisas se resolverem naturalmente. Fugir assim, sem antes enfrentar os problemas... Será que você realmente acha que essa é a solução?"*

Suas palavras, duras e abertas, causavam um impacto imediato. Antônio permaneceu imóvel, o rosto conturbado, enquanto seu silêncio falava de mágoas passadas e ressentimentos que insistiam em se acumular. Ele sentia que, de alguma forma, o abandono iminente de Ângela poderia agravar ainda mais a sensação de ser o "esquecido" naquele núcleo familiar.

Ângela, agora com os olhos marejados de lágrimas que caíam lentamente, tentou, com voz firme, reafirmar sua posição:

> **Ângela:** > *"Eu sei que vocês tentam me proteger das dificuldades daqui, mas a verdade é que cada dia que eu fico, sinto que essa prisão me sufoca mais. Não é que eu não os ame – eu os amo, mas meu destino está lá fora, onde posso, finalmente, me encontrar. Vocês sempre disseram que a vida é feita de escolhas. Agora, eu escolho a liberdade, mesmo que doa. E, por favor, não julguem essa decisão com palavras que só vão ferir."*

Dom Lauriano, com o olhar perdido em um passado que reverberava em cada cicatriz e cada linha de expressão, soltou um suspiro profundo, como se o peso do mundo estivesse prestes a esmagá-lo. Ele se recordava dos dias em que, ainda jovem, não conseguia compreender as complexidades do coração humano – e agora, aqueles mesmos enigmas o deixavam sem resposta.

Dona Eunice, tentando equilibrar o torvelinho de emoções, lançou um último apelo antes que as discussões se intensificassem ainda mais:

> **Dona Eunice:** > *"Minha filha, eu te peço: não deixe que o ódio e o medo conduzam suas escolhas. A vida é tão complexa que, mesmo que doa, precisamos aprender a perdoar e*

entender. Se há feridas, vamos curá-las juntos. Se a distância for necessária, saiba que o nosso amor te seguirá para sempre. Mas, por favor, não se feche num abismo solitário."

A tensão no recinto era quase palpável. Cada palavra parecia ecoar nos cantos da sala, misturando-se aos suspiros e às lágrimas que, discretamente, rolavam pelos rostos de todos os presentes. Os olhares se cruzavam de maneira intensa – Dom Lauriano fixando o olhar em sua filha, Dona Eunice buscando em cada expressão um sinal de arrependimento ou remorso, enquanto Abelardo e Antônio se viam divididos entre a raiva contida e a impotência.

O encontro tomou um rumo que, embora tenso, revelou as feridas ocultas de cada membro da família. Cada um, à sua maneira, lutava para compreender a decisão de Ângela e, ao mesmo tempo, se debatia com as próprias dores que, há tanto tempo, permaneciam latentes. Dom Lauriano, com o semblante contrito, lembrava, em meio a flashbacks involuntários, dos momentos em que se perguntava se era capaz de proteger o que mais amava. Em um desses lampejos de memória, ele revivia a imagem de sua própria juventude – os dias em que o suor e as lágrimas eram companheiros constantes, e o preço do amor era medido em cada sacrifício feito sem questionar.

Dona Eunice, por sua vez, se via de volta à sua infância, aos dias em que os conselhos de Dona Glória ecoavam como promessas de um futuro melhor, mesmo que os caminhos fossem tortuosos. Ela recordava, com saudade dolorida, que a liberdade não era algo que se concedia sem riscos, mas sim um direito que cada um deveria buscar, mesmo que o preço fosse alto.

Enquanto isso, Ângela se esforçava para manter a calma, mesmo que o tumulto interno ameaçasse transbordar. Ela sabia que suas palavras iriam abalar os alicerces dessa família, mas também compreendia que o momento de ser fiel a si mesma já havia chegado. O conflito, por mais extenuante que fosse, carregava em si a semente de um novo começo – uma semente que precisava ser plantada, mesmo que o solo estivesse envenenado pelas mágoas do passado.

As vozes continuaram a se entrelaçar num diálogo que oscilava entre o desespero e a esperança. Abelardo, com um olhar que oscilava entre a acusação e o desamparo, acrescentou:

> **Abelardo:** > *"Você sempre foi a que sonhou grande, Ângela. Mas esquecer de onde viemos não resolve as dores de hoje. Não é sobre fugir, é sobre aprender a enfrentar o que nos machuca juntos. Será que, nesse ímpeto de querer partir, você já não se esqueceu de tudo o que construímos?"*

Antônio manteve-se em silêncio, mas seu olhar, carregado de uma mágoa silenciosa, falava por si só – uma amargura que ele nutria desde a infância, quando se sentia deixado de lado e, muitas vezes, injustiçado pelas palavras e atitudes de seu irmão. Esse silêncio, por mais difícil que fosse, era a única forma que ele encontrava de expressar a dor que o corroía por dentro.

Ângela, com o rosto contorcido pela emoção, replicou:

> **Ângela:** > *"Eu já vivi o que vocês imaginaram ser suficiente. Carrego dentro de mim as cicatrizes daqueles dias de luto e de decepção. E se eu não der esse passo agora, como posso*

esperar que essas feridas jamais fechem? Não é meu desejo destruir, mas de me reencontrar, de romper o ciclo que me consome a cada dia."

> Dona Eunice: > "Minha filha, me conte: por que esse olhar tão angustiado? Vejo que algo em seu coração mudou profundamente. Você tem guardado algo que te aflige a ponto de querer fugir? Por favor, compartilhe o que te perturbou."

Com voz um pouco áspera, quase como se cada palavra fosse temperada por décadas de contenção, Ângela respondeu à sua mãe, que insistia em saber se algo terrível havia acontecido:

> ***Ângela (com voz firme, mas carregada de dor contida e determinação):*** > *"Mãe, eu não posso continuar aqui. Há algo dentro de mim que clama por mudança, algo que não posso mais adiar. Sei que essa decisão pode soar abrupta e que vocês já imaginavam o dia em que eu partia. Mas, apesar de ter acontecido algumas coisas que eu não quero lembrar nem mencionar neste exato momento, eu preciso me afastar imediatamente. Eu tomo essa decisão por mim, confiando que, mesmo sem revelar todos os detalhes, vocês entenderão que é o caminho que preciso seguir. Peço que respeitem minha escolha, pois ela é fruto de uma longa constatação interna, não de um único incidente isolado."*

Dom Lauriano, visivelmente abalado, entreolhou a filha com uma mistura de orgulho e incredulidade. Ele não sabia se podia parar de si mesmo, se sua voz já seria suficiente para consolá-la, mas uma pergunta brotou em seu íntimo:

> **Dom Lauriano (num sussurro trêmulo):** > *"Minha filha, será que há algo que não fiz ou fiz de mal sem saber? Algo que te fez sentir tão solitária e desamparada que você optou por partir sem olhar para trás?"*

Essa inquisição, que parecia carregar o peso de anos de arrependimentos não ditos, fazia com que o ambiente se enchesse de uma angústia quase insuportável. Dona Eunice, com os olhos marejados e a voz embargada, tentou intervir mais uma vez, agora misturando a empatia materna com o instinto de preservação:

> **Dona Eunice:** > *"Filha, nós te amamos demais. Se houve algo que te feriu, se alguém te magoou tão profundamente... por favor, nos diga. Não podemos curar algo que não conhecemos. Mas entenda que, mesmo que você decida partir, o nosso amor sempre te acompanhará."*

Aquela noite estava sendo marcada e atravessada por um turbilhão de declarações, reprimendas e silêncios que falavam mais alto do que qualquer palavra. Os rostos se contorceram em lágrimas contidas, e o ambiente ficou impregnado de um sentimento que oscilava entre o medo do abandono e o desejo de que a verdade, por mais dolorosa que fosse, se tornasse a ponte para um futuro diferente.

Dom Lauriano — que até então tentara manter a compostura embora o nervosismo invadisse cada gesto seu — percebeu que Ângela estava ficando visivelmente impaciente, seus traços se endurecendo com revolta contida. Ele se levantou abruptamente da antiga cadeira de madeira, seu corpo trêmulo, o velho chapéu de palha sendo reposicionado de forma tensa sobre a cabeça. Em um tom que misturava irritação e preocupação, ele falou:

> **Dom Lauriano:** > *"Olhe aqui, Ângela, estou percebendo que você está muito nervosa, sem paciência e suas palavras estão tão secas e duras que parecem ser armas contra nós. Se nós realmente não te fizemos nada de mal, por que sinto que você está com raiva da gente? Esse seu comportamento, essa pressa em querer sair daqui — por que não nos contou antes? Você está tramando algo com mais alguém por aqui?"*

>> **Ângela:** "Sim, pai. Eu vou partir sozinha. Desde os meus 15 anos venho juntando uns trocados para comprar passagens de ônibus, para chegar na cidade e me arrumar um quartinho pelo tempo que precisar – até conseguir um emprego e começar a construir meu próprio caminho. Eu sei que a vida não será fácil, lá fora nem aqui, mas nada nunca foi fácil para mim, e eu não posso continuar aqui, sufocada por um passado que me impede de sonhar!"

As palavras de Dom Lauriano, impregnadas de uma angústia que vinha se acumulando ao longo dos anos, fizeram com que o clima na sala ficasse ainda mais denso. Em alguns instantes, o ar parecia vibrar com a energia de sentimentos reprimidos, prontos para transbordar.

Dona Eunice, sempre o pilar maternal da família, levantou-se apressadamente, unindo as mãos como se estivesse fazendo uma prece silenciosa. Sua voz, embargada de emoção, cortou a tensão:

> **Dona Eunice:** > *"Calma, Lauriano, calma! Vamos nos acalmar! Pense, minha filha, o que foi que nós realmente te fizemos? Estamos tentando entender o que te aflige. Por favor, explique, mas não nos confunda, não nos coloque contra a parede. Nós só queremos entender e ajudar."*

A resposta de Ângela não demorou a vir, sua voz carregava um misto de impaciência, de cansaço e de uma convicção que já não podia mais ser contida:

> **Ângela:** > *"Não, minha mãe! Vocês não me fizeram nada! Vocês simplesmente não conseguem aceitar que eu decidi ir embora – que sair daqui é o que eu preciso para ser feliz. Eu estou absolutamente decidida a partir ainda esta semana! Esse é o problema: vocês não conseguem entender que é hora de eu buscar o que é meu! Todos aqui já sabiam disso; isso sempre foi uma promessa implícita no que vivemos!"*

Enquanto os minutos se arrastavam, e a tensão parecia se condensar em cada respiração, a reunião familiar não fechava um ciclo, mas se transformava num prelúdio aberto a desdobramentos ainda não contados. Havia perguntas sem resposta, feridas que precisavam ser curadas – e, acima de tudo, a sensação de que, mesmo nas horas mais sombrias, a esperança insistia em brilhar timidamente.

Cada coração presente naquela sala carregava o seu fardo, e cada olhar era o reflexo de histórias passadas, de sacrifícios que jamais se apagariam e de um futuro incerto que pairava como uma nuvem carregada. Dom Lauriano e Dona Eunice, com os rostos marcados tanto pela ternura quanto pela dor, sabiam que aquele conflito não seria resolvido em uma única noite, mas se estenderia como as sombras que a madrugada traz.

Flashbacks, lembranças e Reflexões – A Voz do Passado

Enquanto as discussões e clamores se instalavam na sala, os pensamentos de Ângela vagavam para recordações que sempre estiveram presentes, mas que agora emergiam com uma intensidade quase exorcizante. Ela lembrou-se de uma tarde ensolarada, quando ainda era menina, e de sua mãe, Dona Glória, com voz serena, dissera:

> *"Filha, a vida no campo é dura, mas é nela que aprendemos a lutar. Cada lágrima e cada desafio são sementes que, um dia, poderão florescer num destino melhor."*

A voz da mãe, impregnada de esperança mesmo em meio aos desafios, agora reverberava em seus ouvidos como um lembrete agridoce: Dirigir-se para a liberdade significava, para ela, romper com a tradição e curvar-se diante das dores que tantos anos insistiram em marcar sua alma. Contemplando esses momentos, Ângela sentia uma mistura de gratidão e amargura – gratidão por ter aprendido a lutar e amargura por perceber que, para ela, o campo já não era mais lar, mas um cárcere de lembranças dolorosas.

O Clima de Tensão e o Desabrochar das Emoções

Nesse momento, Dom Lauriano, que já se encontrava com os nervos à flor da pele, levantou-se com um ar de incredulidade, as mãos coçando a barba rala e o velho chapéu agora quase parecendo uma armadura que tentava proteger seus sentimentos. Com uma mistura de ironia e suspeita, ele perguntou:

> **Dom Lauriano:** > *"Ângela, só me diga uma coisa, mais uma vez. Na verdade, duas! Você vai com mais alguém? Ou vai realmente sozinha? Como você vai se sustentar? Essa decisão veio do nada ou vem de um plano há muito traçado e com mais alguém?"*

Com o rosto um pouco vermelho de tanta emoção, Ângela respondeu de maneira clara e resoluta:

> **Ângela:** > *"Sim, pai! Já disse... Eu irei sozinha, pai. Eu já disse que planejo isso desde os 15 anos de idade. Venho juntando uns trocados para comprar passagens de ônibus, para chegar na cidade, conseguir um quartinho para ficar durante dois ou três meses e arranjar um emprego. Sei que a vida aqui e lá é complicada, mas nada nunca foi fácil para mim, nem para vocês. Eu decidi buscar minha própria verdade!"*

Dom Lauriano, embora visivelmente irritado e com a preocupação estampada no rosto, soltou um comentário que misturava resignação com uma ponta de orgulho:

> **Dom Lauriano (irônico, mas com uma ponta de orgulho):** > *"Pois bem, muito bem, vejo que você já tinha tudo planejado, realmente."*

Diante daquele cenário, Ângela, com a voz agora embargada por lágrimas e um misto de mágoa e desespero, ergueu o olhar para o pai e exclamou com uma intensidade quase palpável:

>"Pai, não precisa falar comigo assim com tanta frieza! Eu não estou tentando colocar vocês contra a parede. Essa é a minha vida, os meus sonhos, os meus desejos particulares! Eu decidi partir, e vocês sempre souberam, de algum modo, que esse momento chegaria. Não estou aqui para magoar ninguém, mas para me reencontrar! Eu não vou esquecer meu passado; não quero varrer para debaixo do tapete as dores que vivi, porque essas cicatrizes são parte de mim! Não me peça para fingir que tudo está bem quando, no fundo, eu sinto que não posso mais suportar esse peso!"

Ângela, sentindo a ironia no tom do pai, insistiu:

> **Ângela:** > *"Sim, pai! Planejei tudo com muita antecedência; aprendi a ser prática, objetiva e, acima de tudo, a agir dentro do que acredito ser certo. Aprendi isso contigo, do jeito que sempre fui ensinada – com paciência, com muito esforço, e agora é a hora de eu construir meu próprio destino. Lembra das coisas que você sempre nos disse? Disseram que a verdadeira vida é feita de escolhas difíceis. Chegou o meu momento!"*

Nesse instante, Dom Lauriano voltou a se sentar, removendo o chapéu lentamente, com a cabeça baixa e o olhar perdido em reflexões internas. Dona Eunice levantou-se de maneira instintiva, juntou as mãos como se orasse e correu para a cozinha preparar um chá de ervas que pudesse acalmar os ânimos, preocupada com a saúde do marido, que agora demonstrava sinais de tensão aguda. Enquanto isso, Abelardo e Antônio apenas observavam, cada um absorvendo o turbilhão de emoções à sua maneira: Abelardo com o semblante fechado e tenso, e Antônio, lentamente, desenhando em uma folha como se o ato de criar arte fosse a única forma de silenciar o caos.

> **Dom Lauriano:** > *"Minha filha, veja... Estou percebendo que você está quase sem paciência, e suas palavras estão se tornando ainda mais duras com cada segundo que passa. Só não entendo, se nós realmente não te fizemos mal, por que, então, demonstras esse ódio tão intenso? Que tipo de pressa é essa de querer sair correndo, como se já estivesse fugindo de algo?*

Dom Lauriano, retomando a voz com uma mistura de severidade e genuína preocupação, partiu para sua segunda indagação:

> **Dom Lauriano:** > *"Pois bem, Ângela, não vou te impedir de seguir o que deseja. Mas me diga: há algo que nós não sabemos, algo que talvez tenhamos feito que te fez sentir toda essa dor? Porque, pelo que você disse, parece que há muitos sentimentos tristes acumulados que nunca foram devidamente esclarecidos."*

Nesse exato instante, Ângela, incapaz de conter o turbilhão interno, começou a chorar incontrolavelmente. O som dos seus soluços misturava-se às vozes apreensivas de seus irmãos. Com a respiração entrecortada, ela respondeu, quase entre lágrimas e um grito contido de revolta:

> **Ângela:** > *"Não me obriguem a dizer o que não quero dizer! Eu decidi partir para encontrar a mim mesma, para deixar de viver cercada por sombras manipuladas pelo silêncio desta casa. Eu não estou falando para ferir, mas para me libertar! Tudo isso que vocês tentam insinuar, os olhares de desconfiança e as acusações veladas, só aumentam a minha dor. Eu escolhi essa caminhada porque não posso mais conviver com um passado que me sufoca a cada minuto."*

As palavras do pai fizeram com que as lágrimas inundassem os olhos de Ângela. Ela hesitou por um breve instante, e então, entre soluços contidos, explodiu com uma mistura de ira, tristeza e um desejo desesperado de ser ouvida:

> **Ângela (chorando):** > *"Vocês querem mesmo que eu fale tudo? Querem que eu expresse toda a dor que trago no peito? Vocês estão prontos para ouvir o que carrego há anos? Eu sinto que estou sendo tratada como se cada palavra minha fosse uma arma contra vocês! Estou cansada de guardar esse peso. Mas se vocês quiserem mesmo, eu conto... só não se arrependam depois, porque valerá o preço de abrir feridas que já doeram por tanto tempo."*

A tensão se avolumava e, num ímpeto de desabafo, Ângela, entre soluços e com os olhos já inchados de chorar, replicou, sua voz oscilando entre a aspereza e a vulnerabilidade:

>*"Eu não posso esquecer tudo o que passou na minha vida, pai! Não posso, não vou simplesmente varrer tudo

para debaixo do tapete como se nada tivesse acontecido. Não posso obedecer a essa velha regra de fingir que as feridas desaparecem. Eu não consigo amar ninguém, simplesmente... eu não consigo!"

Mesmo com os braços apertados, Ângela sentia em seu peito o peso de uma existência marcada por traumas e decepções. Ela buscava, desesperadamente, ser entendida, mas enfrentava a amargura de uma família que, por mais que amasse, parecia incapaz de compreender plenamente os recantos profundos dos seus sentimentos.

Dom Lauriano, agora abatido pela visão da filha quase em pranto total, sentou-se novamente no sofá vermelho, com os pés apoiados nos tijolos, esfregando o rosto e a barba com uma mistura de raiva, confusão e tristeza. O tempo parecia ter parado para ele, enquanto cada gesto seu carregava a desesperança de um pai que se via impotente diante de uma mudança irreversível.

Nesse instante, o clima se intensificou ainda mais. O semblante de Dom Lauriano enrijeceu-se, e ele permaneceu em silêncio, claramente abalado pela revelação iminente. Abelardo, incapaz de conter sua curiosidade, levantou-se bruscamente de sua cadeira, exclamando:

> **Abelardo:** > *"Mas que assunto é esse? Eu quero saber o que aconteceu, por que você está chorando tanto, Ângela! Diga, por favor, o que se passou!"*

Antônio, que até então estava absorto em seus desenhos, interrompeu seu ato criativo e aproximou-se timidamente da irmã, com os olhos transbordando de uma mistura de preocupação e um ressentimento contido:

> **Antônio (suavemente):** > *"Conta, Ângela, o que foi? Por que você está tão abalada? Não consigo entender... por que tanta dor?"*

> **Antônio (suavemente):** > *"Angel, por favor, conta para mim... o que aconteceu? Por que você está sofrendo tanto assim?"*

Ao ver a angústia sincera nos olhos do irmão e o calor do abraço que Antônio tentava oferecer, Ângela sentiu um misto de alívio e de revolta. O peso acumulado de anos de silêncio e de lágrimas reprimidas explodiu em seu desabafo, e ela, entrecortada pelo pranto, declarou:

> **Ângela:** > *"Eu já vivi o que vocês imaginariam ser suficiente! Carrego cicatrizes de decepções e de dores que vocês jamais perceberam. Não se trata de algo que vocês fizeram, mas do fardo que me foi imposto por toda a história que aqui viveu. Eu preciso me libertar desta prisão de recordações e resquícios de um lugar que me sufoca. Eu decidi partir para reencontrar o meu destino, para construir um caminho que seja meu – porque, se eu continuar aqui, vou murchar sem nunca conhecer a verdadeira liberdade."*

As lágrimas de Ângela caíam incontáveis, e em cada palavra parecia haver um grito contido, um pedido de socorro que clamava por compreensão. Dom Lauriano, cujos olhos refletiam a dor de tantas noites de insônia, fechou por um momento os olhos, enquanto as memórias do seu próprio passado

– dos dias de lutas sob o sol impiedoso, dos sacrifícios feitos em silêncio – invadiam sua mente, como se quisessem confirmar que nem sempre se pode proteger aqueles que se ama.

O ambiente tornou-se um redemoinho de expressões intensas. Dom Lauriano, visivelmente com os nervos abalados, enxugou uma lágrima antes mesmo de perguntar novamente, com uma mistura de suspeita e dor:

> **Dom Lauriano (com voz trêmula):** > *"Minha filha, há algo mais que você não nos contou? Será que houve algum episódio, alguma atitude de alguém que te feriu tanto que você sente essa necessidade desesperada de partir? Quero entender... me diga, pois, esses sentimentos todos... esses seus gritos são como cacos do nosso passado que eu nunca quis ver se quebrando assim. Vai sozinha mesmo? E como?"*

Dom Lauriano, depois de alguns instantes de silêncio tenso, ouvia cada palavra com um misto de horror e impotência. Ele se levantara apenas para expressar sua incredulidade com aquele turbilhão de sentimentos. Seus dedos, que já haviam tremido ao ajustar o velho chapéu de palha, agora tremiam de forma incontrolável enquanto ele articulava, num tom áspero, mas carregado de uma angústia quase paterna:

Essas palavras de Dom Lauriano em direção a Ângela, eram na verdade, destinadas a encontrar uma resposta que pudessem clarear os mistérios dos seus sentimentos, e só aumentavam a inquietação no ambiente. A carga emocional de Dom Lauriano era visível; sua face se contraía num gesto quase involuntário, e ele, sem perceber, levou a mão à boca, onde um comprimido branco e amarelo – símbolo das batalhas silenciosas travadas contra sua própria saúde – cintilava em seu bolso, prestes a ser ingerido sem nem sequer um gole de água, como um reflexo da tensão que o dominava.

O cenário se fazia cada vez mais carregado de emoções intensas. Em meio às lágrimas, os olhares se entrelaçavam num misto de dor, amor e medo do desconhecido. Dom Lauriano parecia, nesse momento, preso entre a necessidade de proteger e o temor de que as palavras de Ângela revelassem feridas que jamais poderiam ser curadas.

Com o rosto ainda úmido de lágrimas, Ângela respondeu com clareza, se esforçando para transmitir a determinação que ardia em seu íntimo:

>"Sim, pai. Eu vou partir sozinha. Desde os meus 15 anos venho juntando uns trocados para comprar passagens de ônibus, para chegar na cidade e me arrumar um quartinho pelo tempo que precisar – até conseguir um emprego e começar a construir meu próprio caminho. Eu sei que a vida não será fácil, lá fora nem aqui, mas nada nunca foi fácil para mim, e eu não posso continuar aqui, sufocada por um passado que me impede de sonhar!"

Dom Lauriano soltou um leve resmungo que misturava uma ponta de ironia com a resignação, mas, logo depois, respondeu com um tom que sugeria tanto orgulho quanto preocupação:

>"Pois bem, muito bem… Vejo que realmente você já tinha tudo mesmo, muito bem planejado de verdade. Mas, minha filha, mesmo com todo esse planejamento, meu coração ainda se

aperta ao ver você partir dessa forma, tão abruptamente, como se estivesse fugindo de algo que nem mesmo nós sabemos explicar."

Pronto, dona Eunice, ouvindo o choro de Ângela e aquele lamurio que ecoava dos pés à cabeça de seus filhos e de seu marido na pequena sala da casa, largou o chá calmante de ervas que estava preparando. Com passos apressados e o coração acelerado, ela foi rapidamente para tomar parte daquele assunto que agora inflamava a todos. Essa intervenção inesperada deixou Ângela ainda mais perturbada, quase descontrolada. Ela sentia, naquele exato instante, o temor de que a família, em sua ânsia de compreender e talvez remexer em traumas há muito calados, pudesse reabrir feridas que nunca se secaram. Feridas essas que, para ela, eram o reflexo de anos de isolamento, de um silêncio imposto, e que talvez não pudessem ser conciliadas com simples palavras.

Dona Eunice, vendo o nervosismo crescente no semblante de Abelardo e a tensão incontornável no ambiente, interveio novamente, sua voz ecoando num tom maternal e implorante:

>"Abelardo, se acalme. Você não está ajudando em nada. Não precisa jogar mais lenha nessa fogueira. Aqui, não estamos escondendo nada; ninguém está. Por favor, acalme-se, meu filho."

Mas o pai de Abelardo, Dom Lauriano, interrompeu o vai-e-vem de impressões e, num tom irritado que oscilava entre o desespero e a tentativa de manter a ordem em meio ao caos, levantou-se do sofá e disse:

>"Crie postura, meu filho! O que você está querendo dizer com essas suas palavras descontroladas? Aqui não é um galinheiro e você não é um galo, pelo menos não aqui! Não quero ouvir você falando besteiras e agindo como se quisesse interferir em algo que já está decidido! O que você está pensando? Por que você está se metendo nessa situação, enquanto a Ângela já manifestou sua decisão?"

Abelardo, pego de surpresa e com os olhos brilhando por instantes de vergonha e raiva, silenciou-se e aproximou-se do pai, deitando-se cabisbaixo perto do sofá, como se desejasse encontrar alguma resposta no silêncio contido. O clima, tomado por uma mistura de reprovação, nervosismo e pesar, fazia cada respiração parecer um eco de memórias que talvez jamais se apagassem.

Dona Eunice, percebendo aquele momento de vulnerabilidade do marido e sentindo que a situação estava prestes a escorregar para um novo patamar de desespero, interveio novamente com voz firme, mas repleta de uma doçura que só a experiência de mil batalhas emocionais pode conceder:

> **Dona Eunice:** > *"Calma, Lauriano! Calma, minha filha! Abelardo, se controle... Vamos todos nos acalmar, por favor. Isso tudo é tão doloroso para todos nós... mas precisamos tentar entender. Minha filha, nos diga: o que foi que aconteceu? Por que você está tão perturbada, a ponto de expor essas dores agora?"*

> **Dona Eunice:** > *"Filha, por favor, não nos deixe agora. Nossa família já sofreu tanto; não me diga que esse é o fim. Eu te amo e, mesmo que você precise partir, quero que saiba que*

o amor de uma mãe nunca se esgota. Me diga, o que te feriu com tanta intensidade? O que te fez sentir que essa é a única saída?"

A pergunta de Dona Eunice, impregnada de temor de reabrir feridas antigas, pairava no ar, fazendo com que o ambiente se enchesse de um silêncio carregado. Os rostos se contraiam na tentativa de decifrar o que realmente perturbava Ângela.

> **Ângela (com os olhos marejados e a voz carregada por um pesar que transborda segredos):** > "Mãe, não é como se algo em vocês tivesse causado isso. É como se eu estivesse sendo puxada por uma corrente invisível, uma herança de sombras e mágoas que me consome dia após dia. Falar agora de cada detalhe só abriria feridas que eu nem sei se consigo curar; por isso, escolhi silenciar o que me atormenta e seguir meu caminho. Vocês sempre pressentiram que este dia chegaria, mas eu jamais imaginei que seria tão doloroso aceitá-lo."

A resposta de Ângela, vinda com a aspereza de uma verdade que não podia mais ser contida, foi imediata e direta:

> *Ângela (com voz determinada, mas permeada por um misto de angústia e segredo): > "Mãe, não é o que vocês imaginam. Não se trata de algo simples ou do que se possa supor. Há um peso em meu coração, um segredo antigo que, se exposto agora, só traria mais caos e dor para todos nós. Esta decisão, que alguns já pressentiam, é o resultado de um longo acúmulo de dores que não posso mais suportar. Eu preciso partir para encontrar a minha própria paz, mesmo que isso signifique deixar para trás um passado que jamais se apagará. Peço que respeitem*

minha escolha, mesmo sem compreender todos os detalhes que carrego."

Enquanto suas palavras ressoavam pelo ambiente, as lágrimas de Ângela deslizavam silenciosamente pelo seu rosto, como se cada gota escondesse um mistério que ela ainda não se atreve a revelar. O suspense e a inquietação pairavam no ar, deixando claro que algo profundo e inexprimível a impulsionava a buscar um novo rumo.

Cada segundo que se passava era um universo de sentimentos – a raiva contida, as lágrimas que não paravam de cair, os suspiros que se misturavam ao ambiente. Abelardo, ainda perturbado, mantinha o olhar fixo, como se tentando, com toda a sua curiosidade, montar um quebra-cabeça de emoções e memórias que finalmente se abriam diante dele.

Diante disso, a tensão parecia se pesar no ar, Antônio, insistentemente cujo olhar normalmente oscilava entre a indiferença e uma sensibilidade oculta, aproximou-se timidamente ainda mais de Ângela. E com gestos contínuos de carinho, quase instintivos, ele deslizava seus dedos desajeitados pelos cabelos de sua irmã, um cafuné que fazia lembrar os tempos em que o apelido afetuoso "Angel" era pronunciado em meio a sorrisos e brincadeiras infantis. Aproximando-se ainda mais, ele murmurou num tom terno, persistente e reconfortante:

> **Antônio:** > *"O que foi, Angel? Não fica assim, não, Angel, não chore não... Tudo vai passar, Angel, tudo vai ficar bem."*

A voz suave de Antônio, contrastando com o tom áspero de algumas palavras que a família proferira instantes antes, parecia tentar recuperar a inocência perdida. O apelido "Angel", carinhosamente forjado quando ele tinha apenas 9 anos, reverberava agora com a mesma ternura de outros tempos, num gesto desesperado de afeto para confortar a irmã.

Entre carinhos e palavras que se entrelaçavam num abraço silencioso, Antônio tentou cobrir o pranto de Ângela com gestos de afeto. Ele oferecia pequenos sorrisos, insistindo para que ela se apegasse à esperança daquele afeto, mesmo que por um curto instante. Mas a mágoa e o desalento que a dominavam eram maiores do que ele poderia convencer, pois Ângela chorava sem parar; seu corpo tremia com a mistura de nervosismo, raiva e ansiedade. Cada movimento estimulado pela dor fazia os olhos de sua mãe se encherem de temor, pois jamais ela fora testemunha de uma crise tão intensa na filha. Dona Eunice lembrava-se de ocasiões anteriores, dos momentos em que Ângela, embora pálida e contida, expressara saudade e tristeza – momentos que, apesar de dolorosos, eram sempre breves. Mas agora, o desespero estampado em sua filha parecia transcender tudo o que ela já vira antes.

Dona Eunice, com os olhos cheios de uma tristeza maternal, aproximou-se de Ângela e repetia suas palavras de consolo, tentando, ao mesmo tempo, apaziguar aquele clima carregado de mágoas:

> **Dona Eunice:** > *"Filha, por favor, não pense que nosso amor é frágil. Se há algo que te feriu, se há segredos que te fizeram sentir essa dor, conte-nos. Talvez, juntos, possamos encontrar uma saída, curar as feridas e, mesmo que você precise*

partir, fazer com que essa separação não destrua tudo que construímos."

Preocupada e assustada com a cena que se descortinava, dona Eunice aproximou-se ainda mais de Ângela com passos firmes, mas contagiados pela inquietude de seu próprio coração. E com os olhos marejados, ela abraçou a filha com todo o afeto acumulado de anos de cuidado, implorando em voz alta:

> **Dona Eunice:** > *"Calma, minha filha, calma! Não fique assim, calma! Me diga, por favor, o que houve? O que está acontecendo? Conte para sua mãe, minha filha, me diga, vá!"*

A súbita aproximação de dona Eunice – com sua voz trêmula, repleta de preocupação e de um desejo quase desesperado de compreender – trouxe um breve momento de pausa no turbilhão de confusões e emoções que preenchia a sala. Porém, o clima já era de tensão, e os rostos, antes acolhedores, agora se contorciam em dores e dúvidas.

Nesse cenário, Antônio continuava o seu gesto de carinho, enlaçando com suas mãos os cabelos molhados de lágrimas de Ângela, tentando oferecer um pouco de consolo. Enquanto isso, Abelardo, que até então havia permanecido em silêncio, observava tudo com os olhos semicerrados, como se cada palavra de Ângela abria feridas que ele, por si só, desejava manter fechadas. A responsabilidade e o peso dos anos que ele carregava – e que, por alguma razão, o haviam tornado tão sensível para a dinâmica familiar – faziam com que Abelardo se sentisse dividido entre a exigência de manter a ordem e a dor de ver a irmã expor sua vulnerabilidade.

Mas Ângela, sentindo que aquelas palavras pareciam, para ela, uma tentativa de enredá-la em culpa, replicou com firmeza, embora sua voz tremesse com a intensidade do que sentia:

> **Ângela:** > *"Eu não estou aqui para ser acusada ou para que vocês tentem me convencer de que esse é um erro. Eu tomei essa decisão porque, há muito tempo, percebi que aquela casa guardava cicatrizes que não se fechariam com mero afeto. Não se tratou de algo que vocês tenham feito de errado. Foi a minha necessidade de me libertar do que sempre me prendeu."*

Abelardo, não conseguindo se conter, mais uma vez sua inquietude, interrompeu a tensão com uma voz que oscilava entre a crítica e a tristeza:

> **Abelardo:** > *"Você sempre foi a mais visionária da nossa família, Ângela. Mas sair assim, de repente, sem sequer tentar enfrentar os problemas por aqui... Será que você já pensou em como isso afetará a todos nós? Nós sempre trabalhamos juntos, e agora você quer nos deixar para trás?"*

As palavras de Abelardo, embora duras, não eram apenas acusatórias; elas carregavam também o medo de perder o equilíbrio de toda a estrutura que tinham construído com tanto esforço. Antônio, que até então observava de forma quase tácita, aproximou-se devagar, juntando-se a essa corrente de questionamentos, sua voz baixa participava do coro de inquietudes:

> **Antônio (com voz trêmula):** > *"Eu... eu não entendo, Ângela. Sempre te vimos como a esperança, a luz que*

poderia transformar tudo. Por que você se sente tão... tão refém desse lugar? O que te fez sentir que a única saída é partir para sempre?"

Lágrimas continuavam a escorrer pelo rosto de Ângela, misturando-se com sua raiva e seu desespero. Ela então deflagrou em um desabafo carregado de emoção:

> **Ângela:** > *"Não me obriguem a dizer o que não quero, porque o que sinto é apenas o desejo de respirar livremente. Não é que eu queira destruir ou quebrar algo – é que cada dia aqui pesa tanto, cada lembrança, cada silêncio... Eu já vivi furtos de alegria que não consigo mais suportar. Não se trata de culpa, mas de sobrevivência. Vocês sempre disseram que a vida é feita de escolhas, e agora eu escolho a minha liberdade, mesmo que isso signifique partir antes do que esperavam. Eu escolho dar um salto, mesmo que minhas asas estejam machucadas e meu coração ainda doa por cada despedida passada."*

E, num último clamor antes que os ecos daquela noite se dispersassem, Ângela, com o rosto contorcido num misto de mágoa e esperança, conclamou:

>"Eu não consigo mais amar ninguém, simplesmente... não consigo! Talvez seja a dor que me deixou tão vazia, que me faz sentir que o único caminho é o da solidão. Mas eu preciso partir, preciso me encontrar, antes que essas feridas se fechem e me impeçam de ser quem eu sou!"

Em lágrimas, Ângela se agarrou a sua mãe, e Antônio continuou a afagar seus cabelos e a sussurrar palavras de conforto. Dom Lauriano ficou ali, com os olhos fixos no horizonte da sala, enquanto a tensão e o peso das revelações pairavam como uma promessa de que aquele não seria o fim – apenas um capítulo doloroso de uma história que ainda precisaria se desdobrar.

Enquanto as palavras de dona Eunice ecoavam, Antônio, abraçando a irmã com toda a ternura que apenas um irmão mais novo poderia oferecer, repetia suas palavras suaves, tentando redescobrir na melodia de seu tom uma espécie de alento:

>"Angel, vai ficar tudo bem, por favor... Não chore, Angel, porque eu estou aqui, e juntos encontraremos um jeito. Eu não posso ver você assim, sofrendo. Por favor, me deixa te ajudar, mesmo que seja com meu silêncio e meus abraços."

Tal comportamento inesperado de Antônio comoveu a todos da casa. O afeto terno e inesperado do caçula, ao passar os dedos pelos cabelos da irmã, fez com que a tensão se mesclasse com uma sensação de proteção pura. Naquele momento, Abelardo não conseguiu conter o pranto; ele, com a cabeça abaixada entre os joelhos, acomodou-se num sofá já gasto, e chorava em voz baixa, como se cada lágrima carregasse o peso de anos de segredos e mágoas não resolvidas. A dor dele, silente e intensa, falava alto – um grito contido pela incapacidade de compreender a profundidade daquele adeus iminente.

Dona Eunice, que sempre fora a rocha silenciosa da família, não mais se continha. Sentindo a magnitude da angústia de Ângela, ela se lançou num abraço apertado, envolvendo a filha com uma força que sugeria que, ali e naquele instante, o amor de mãe era a única âncora que pudesse sustentá-la. Com voz embargada e os olhos marejados, ela implorava:

> **Dona Eunice:** > *"Minha filha, calma! Não diga isso, tudo vai ficar bem, tudo vai se resolver, você verá! Não diga uma coisa dessas, todos nós amamos você, Ângela, nós amamos você, minha filha querida. Isso é o que importa agora, filha. Não se avexe, não se aperreie por pouca coisa. Fica assim, não vai..."*

Dom Lauriano, consternado, sentia o coração apertar. A visão da filha em prantos, a intensidade do desespero que transbordava de sua voz e o peso de cada palavra o faziam sentir-se completamente desamparado. Incapaz de articular respostas instantâneas, ele levou as duas mãos ao rosto, como se quisesse, em uma prece silenciosa, pedir perdão por tudo o que, talvez inadvertidamente, pudesse ter contribuído para aquele momento. As lágrimas escorriam pelos cantos de seus olhos, enquanto sua voz, embargada e quase inaudível, se fazia ouvir num suspiro profundo:

> **Dom Lauriano:** > *"Me desculpe, minha filha! Me perdoe, Ângela, me perdoe por tudo! Por favor, Ângela, me perdoa!"*

Diante daquele desabafo, o ambiente ficou impregnado de um silêncio que parecia durar uma eternidade. Cada membro da família permanecia em sua posição, marcado por sentimentos que, embora expostos de forma fragmentada – o abraço reconfortante de Antônio ao lado de Ângela, o pesar silencioso de Abelardo ainda sentado no sofá vermelho quebrado com a cabeça encurvada, e os olhos de dor e preocupação de Dom Lauriano e de Dona Eunice – deixavam claro que as feridas eram profundas, persistentes, e muitas ainda exigiriam tempo para cicatrizar.

Depois de um longo momento em que as palavras se transformaram em suspiros e os olhares, em confidências silenciosas, os membros da família entregaram-se à noite. A tensão parecia ter acumulado em cada canto do ambiente, mas o entendimento tácito era que, por aquela noite, nada mais seria dito. O choro e o pranto foram o último ato daquele encontro doloroso.

Internamente, Ecos do Passado e o Sopro do Futuro

Em meio àquela torrente de palavras, Dom Lauriano lembrou-se de momentos de sua própria juventude – flashbacks que surgiam sem aviso. Recordou os dias em que, ainda menino, se via correndo pelos campos, com a esperança de um futuro melhor, sem sabia que o tempo, impiedoso, transformaria esses sonhos em ásperas realidades. Cada gota de suor, cada lágrima derramada, agora ressoava na memória de um pai que se perguntava se, de alguma forma, tinha faltado a algo essencial.

Dona Eunice, por sua vez, revivia em sua mente os ensinamentos de sua mãe, Dona Glória, que uma vez lhe dissera:

> *"Por vezes, filha, é preciso abrir as feridas para que a cura possa começar; o silêncio pode ser mais doloroso do que a verdade."*

Mas, naquele momento, ela não queria apenas a verdade – queria a paz que, parecia, se perdera entre as palavras e os medos não ditos.

Enquanto as discussões se desenrolavam, os silêncios e as lágrimas se misturavam num cenário onde cada segundo parecia deliberadamente estendido, como se o tempo se recusasse a ser linear. O corredor da casa, que um dia fora testemunha de risos e reuniões de família, agora fora o espelho das dúvidas e dos conflitos internos.

Após longos minutos de tensão, Dom Lauriano, com a voz carregada de resignação e tristeza, finalmente proferiu novamente a pergunta, tentando entender por completo o que sua filha havia decidido:

> **Dom Lauriano (com um tom quase implorante):** > *"Minha filha, agora me diga... Você realmente vai partir sozinha, buscando um destino incerto, e não há nada que possamos fazer para mantê-la aqui, mesmo que por um tempo? Está tudo decidido, mesmo que esse caminho seja solitário?"*

Ângela, com a respiração acelerada e os olhos marejados, respondeu com uma convicção que misturava a ferocidade de quem se defende e o desespero de quem tenta se libertar:

> **Ângela:** > *"Sim, pai, está tudo decidido. Eu vou partir sozinha – com os recursos que juntei desde os 15 anos, com os sonhos que construí em cada silêncio. Não espero ser acolhida com facilidades, mas sei que preciso deste salto. Eu aprendi, com vocês e também com a dor, que a vida não espera por ninguém.*

Se for para ficar, vou murchar aqui, sem nunca conhecer o que realmente significa ser livre."

Abelardo e Antônio permaneceram, entre olhares fixos e gestos contidos, absorvendo cada palavra. O ambiente oscilava entre o desespero e a inquietude, e enquanto cada membro da família lutava contra seus próprios fantasmas, o ar parecia vibrar com a força de uma decisão que já não podia ser afastada.

Dom Lauriano, com os nervos abalados e os sinais de sua saúde comprometida, só apertava com intensidade o velho chapéu de palha com tanta força que os dedos tremiam discretamente. Sua expressão mesclava preocupação e um orgulho ambíguo, aquele orgulho que só um pai pode sentir perante uma filha que, apesar de tantas dificuldades, resolve traçar seu próprio caminho.

> **Dom Lauriano (num sussurro, quase para si mesmo):** > *"Que eu encontre a força de aceitar essa partida, mesmo que minhas entranhas doam com a ausência do teu riso..."*

Um silêncio pesado tomou conta, onde o único som era o respirar ofegante de cada um e o tique-taque distante do relógio antigo na parede. Dom Lauriano sentiu um aperto no peito, enquanto Dona Eunice, com as mãos ainda estendidas em um gesto de pedido, fechava os olhos como se rezasse por um milagre.

O ambiente, repleto de emoções cruas, permaneceu como uma tela onde cada palavra se inscrevia com a tinta da dor e da esperança. Os membros da família se recolheram, cada um em seu canto, para refletir sobre o inevitável desdobramento do que a noite havia trazido. No íntimo, cada coração pulsava num ritmo desesperado de perdão, angústia e a ousadia de recomeçar.

Enquanto a tensão ainda permanecia no ambiente, e incapaz de ceder lugar para um silêncio e paz de corações, Abelardo baixou a cabeça e murmurou algo que carregava um traço de arrependimento:

> **Abelardo (suavemente):** > *"Quem diria... depois de tudo que passamos juntos, agora chegamos a esse ponto. Espero, de verdade, que você encontre o que busca, Ângela, mesmo que isso signifique nossos caminhos se distanciarem."*

Antônio, ainda com o lápis abandonado na mão, olhou para a irmã com um misto de tristeza e revolta contida. Embora suas palavras não tenham sido ousadas naquele instante, o silêncio dele era repleto de sentimentos que, por muito tempo, ele tentava esconder: a mágoa por se sentir fora do eixo e o temor de que o abandono da irmã intensificasse as feridas que carregava.

Dona Eunice, ainda com as mãos unidas em prece, ecoou um pedido silencioso para que o amor familiar não se perdesse, mesmo diante de mudanças tão drásticas. Sua voz, embargada de lágrimas, buscava transmitir um consolo que o tempo parecia ter roubado:

> **Dona Eunice:** > *"Filha, vamos guardar em nossos corações o que construímos. Mesmo que o teu caminho te leve para longe, o nosso amor sempre te seguirá. Mas, por favor, não se esqueça de que aqui sempre haverá um lar para te receber."*

E, assim, com o coração dilacerado e as mãos que tremiam por um tanto de paixão e medo, Ângela sabia que o desfecho daquela noite não seria o fim. Era apenas o início de uma jornada – tumultuada, dolorosa, mas repleta também de possibilidades que ainda não haviam sido escritas.

O futuro, embora nebuloso, se fazia presente em cada lágrima contida, em cada suspiro de resignação e esperança. A reunião daquela noite era o terreno fértil para uma transformação que, com o tempo, exigiria perdão, abriria portas para se superar os desentendimentos e, possivelmente, permitiria que cada ferida se transformasse em aprendizado.

Enquanto os ecos das vozes permaneciam suspensos no ar, a família se preparava para, aos poucos, reconstruir seus laços, mesmo que as feridas ainda sangrassem. Dom Lauriano e Dona Eunice sabiam que o caminho à frente seria tão imprevisível quanto é doloroso o presente – mas também sabiam que o amor que os unia, por mais frágil que parecesse, seria, enfim, a âncora para enfrentar o que estivesse por vir.

E assim, com o horizonte inquieto e as perguntas pairando sem resposta, a noite foi se dissipando, transformando-se num prelúdio aberto, repleto de tensão, emoção e a promessa de que a história daquela família ainda estava longe de terminar.

Diante de todo esse cenário, o relógio na parede continuava a marcar o tempo com sua cadência implacável, a reunião familiar parecia, em si, um campo de batalha emocional, onde cada membro tinha seu próprio fardo a carregar. Dom Lauriano e Dona Eunice olharam-se com um misto de resignação e esperança, cientes de que o adeus não era antecipadamente definitivo, mas um prelúdio para novas cicatrizes e, talvez, para futuras reconciliações.

Dom Lauriano, já exausto de tanto tentar encontrar respostas, afastou-se para um canto, onde se encostou à parede, os olhos perdidos em pensamentos obscuros, enquanto sua voz murmurava preces mudo, como se implorasse por uma nova chance para reparar o que havia se perdido. Dona Eunice, ainda nos braços da filha, repetia palavras de consolo com a esperança de que aquilo tudo fosse apenas uma fase passageira. Antônio e Abelardo também se recolheram aos seus cantos, cada um envolvido em seus próprios remorsos e reflexões.

O murmúrio dos últimos minutos daquela noite, entrevaído pelos soluços, pelos longos silêncios e pelos olhares que diziam mais do que qualquer palavra, deixou no ar a sensação de que o caminho de Ângela estava traçado – um caminho de liberdade por um lado e, do outro, de irreparáveis perdas para aqueles que ficariam para trás. Cada um ali presente sentiu, de maneira singular, que o futuro se dividira naquele instante, deixando a pergunta sem resposta: Será que o preço da liberdade vale o sacrifício dos laços que um dia os uniram?

Naquela noite, os últimos minutos antes que cada um se retirasse foram permeados por um silêncio eloquente. As palavras de Ângela, carregadas de um misto de bravura e tristeza, deixaram uma marca indelével nos corações de seus pais e irmãos. O som dos passos ecoava nos corredores da casa, enquanto cada um processava, à sua maneira, a dolorosa beleza daquele adeus previsto.

Dom Lauriano, ainda com o chapéu de palha firmemente ajustado, permanecia absorto em seus pensamentos. Seu rosto, outrora inabalável, agora se mostrava vulnerável, como se cada ruga narrasse não apenas os rigorosos dias de trabalho, mas também os segredos de um pai que temia perder o elo com a filha amada. Em um murmurinho quase imperceptível, ele repetia para si mesmo:

> "Que eu possa, de alguma forma, achar forças para aceitar essa partida, sabendo que, mesmo distante, o amor que temos continuará a nos unir."

Dona Eunice, com o coração apertado, olhava para a porta por onde Ângela partiria, como se a cada segundo aquela brecha se tornasse uma ruptura definitiva. Seus pensamentos a levavam de volta aos dias antigos, às horas em que, ainda jovem, ela sonhava com a liberdade e com os caminhos que poderia trilhar. Agora, os mesmos sonhos se misturavam à preocupação de que, ao deixar o lar, sua filha pudesse se perder num mundo que muitas vezes é cruel e impiedoso.

Enquanto isso, Abelardo e Antônio permaneciam na mesma sala em silêncio, seus olhos desafiando o espaço, cada um carregando emoções que não se deixavam moldar em palavras. O ambiente, carregado de uma tensão que somente o tempo poderia, talvez, suavizar, permanecia inerte, como se aguardasse o desdobrar dos próximos capítulos da vida daquela família.

A conversa que travavam havia deixado um rastro de sentimentos à flor da pele – de arrependimentos, de mágoas e, ao mesmo tempo, de uma esperança tênue e teimosa de que algum dia as feridas pudessem ser curadas. O conhecimento de que aquele seria apenas um prelúdio para disputas e reconciliações futuras fazia com que cada um se recolhesse, preparando-se para o inevitável desdobramento das consequências da decisão de Ângela.

Ao final, a família se dispersou, mas o eco da conversa, com todas as suas vozes e silêncios, permanecia impregnado nas paredes daquela casa. A tensão, a dor e a esperança continuavam a pulsar, deixando todas as perguntas no ar, abertas e indefinidas para os próximos dias. O futuro era incerto – mas todos sabiam que o caminho de cada um, a partir daquele dia, jamais seria o mesmo.

O tempo, embora implacável, cedeu lugar a um descanso sombrio – um sono profundo, carregado de sonhos inquietos e memoráveis fardos de emoções.

Quando a noite finalmente deu lugar ao adiantamento da madrugada, o silêncio foi quebrado apenas pelo tique-taque distante do relógio antigo – um lembrete de que o tempo nunca para, mesmo quando os corações parecem congelados em dor. A atmosfera estava tão carregada de indagações que se podia quase ouvir o murmúrio coletivo:

> *"O que virá adiante? Será que enfim encontraremos a cura para essas feridas? Será que a minha partida, Ângela, será o começo de um recomeço ou apenas o precipício de um abismo sem fim?"*

Essas perguntas pairavam no ar, misteriosas e indomáveis. A noite se dissipou lentamente, e, exaustos e abalados, os membros daquela família adormeceram, cada um pagando o tributo silencioso das emoções que não se reconciliaram.

Epílogo do Crepúsculo – O Amanhecer das Incertezas

Quando os primeiros raios de sol invadiram timidamente os cômodos da casa, despertando corações ainda pesados pela noite anterior, o ambiente parecia carregado de um mistério inquietante. Ângela, deitada sozinha em seu quarto, fitava o teto sem conseguir encontrar paz. Seus pensamentos corriam livres – repletos de dúvidas, de receios e de uma possibilidade que, embora a chamasse para a liberdade, também a enchia de temor: o que ocorreria a partir daquele momento?

O silêncio da manhã era interrompido apenas pelo som suave dos passos pelo corredor e pelo murmúrio distante de uma vida cotidiana que, mesmo rotineira, agora parecia carregada de presságios. Cada coração na casa pulsava com a lembrança da intensa noite de revelações, enquanto o eco distante das últimas palavras de Dom Lauriano e de Dona Eunice pairava como uma promessa de que algo, inevitavelmente, mudaria.

Abelardo permanecia perdido em seus pensamentos, com a cabeça ainda encurvada, tentando decifrar os enigmas que aquela conversa deixara. Antônio, ainda com o lápis e uma folha de caderno esquecidos ao lado, encarava a parede com os olhos vazios, tentando, em seu silêncio característico, encontrar respostas que não se diziam em palavras. E Dom Lauriano, que quase não conseguia se manter de pé, encarava o ponto onde Ângela havia partido, como se naquele vestígio repousasse a última esperança de um pai que temia o vazio.

Para Ângela, aquele amanhecer marcou o início de um caminho incerto – um salto que não selaria o fim de sua história, mas que lançaria a semente de um futuro ainda por escrever. Seus pensamentos se misturavam enquanto ela repetia baixinho, como um mantra, as palavras que aprendera desde muito jovem:

> *"Se eu não der esse salto, nunca serei livre. Mas se eu cair, que as minhas asas possam ser reparadas, para que, um dia, eu possa voar."*

E assim, com o coração apertado e os olhos ainda úmidos das lágrimas da noite, Ângela fechava os olhos para adormecer, deixando que a escuridão do quarto envolvesse não apenas seu corpo, mas também seus medos, seus desejos e as muitas dúvidas que a invadiam. O mistério do que o futuro reservava permanecia indomável, e o silêncio que a cercava era o prenúncio de novas jornadas, de desafios que ainda se desvelariam.

Naquele crepúsculo de emoções, enquanto os membros da família adormeciam sem compreender totalmente o que havia acontecido e o que haveria de vir, a sensação de que algo grande estava prestes a acontecer pairava no ar. O destino, já traçado por decisões irreversíveis, deixava todos com o coração acelerado e os olhos cheios de perguntas:

> *"O que será do futuro? Que caminhos se abrirão, e se as feridas que hoje sangram conseguirão, algum dia, se transformar em cicatrizes de sabedoria? Será que o sacrifício da liberdade valerá o preço dos laços que nunca se romperam completamente?"*

Com o amanhecer, o livro da vida permanecia sem o capítulo final – apenas um suspense silencioso que sugeria que, assim como a noite é passageira, os conflitos e as dores daquela família apenas aguardavam para se reescreverem num novo horizonte.

E assim, finalmente Ângela partiu...